成功の人生

―氣の活用―

NPO氣の活用コム 理事長
岡村隆二

文芸社

はじめに

２００４年（平成16年）12月17日に、私は６センチの大腸癌摘出手術をしました。手術後に、いずれ機会があれば「〃自分が歩いてきた道〃を原稿にして整理してみよう」と漠然と思っていました。

そんな時、２００５年（平成17年）に文芸社の「人生いろいろ大賞―賞金１００万円原稿募集中」の記事が目に留まり、応募してみました。島倉千代子さんが特別選考委員でした。賞金１００万円は逃しましたが、審査委員からもかなり高い評価をいただきました。

２０２０年（令和２年）８月に、満77歳の喜寿を迎えました。「いよいよ人生終盤に差し掛かるな！」と思っていた時に、ネットで文芸社主催、毎日新聞社後援の「第３回 人生十人十色大賞 原稿募集」の記事に出会いました。早速前の原稿を手直しして、特に後半部分を加筆し応募しました。

コロナ禍でステイホームが叫ばれていた時期で時間もあり、また「自分の事」ですからドンドン想い出が噴出して、思った以上にスムーズに手が走り、原稿がはかどりました。

私はお寺の次男として生を受けました。1歳半の時に、高さ2メートルの境内の太鼓橋から落ちて頭を割り、18針縫うという大怪我をしながらも、何とか命を助けてもらいました。

小学生・中学生の頃は、身体が弱くて、体育の時間はいつも見学ばかりでした。

高校生の時はノイローゼにかかり……と、心身共に弱い人間でした。

しかし、向上心は人一倍強くて、34歳の時に会社を創業し、効率を最優先する〝合理の世界〟で23年間オーナー社長として経営し、その会社を譲渡して、NPO法人を設立し、ボランティア活動という〝非合理の世界〟に完全に転生して、「人生二生」を謳歌してきました。

私は、「自分の人生を〝強く生ききれば、強く老いることができ、感謝をもって死を迎えられる〟」という信念を持って生きてきました。

はじめに

この本は、若い人たちに「多少のハンディキャップがあっても、自己実現の人生が送れるんだよ」ということを伝えたくて、全て事実を書きました。

また、6センチもあった大腸癌が転移もせずに、全て順調に回復した現在、「生老病死の課題」にライフワークとして取り組むことが、〝天地・大自然から与えられた使命・天命〟だと痛感しています。

先日、ある飲み会で「もう一度生まれ変わったら、どんな人生を送りたいか！」という話になりました。

私は「また会社を創業して、その会社を譲渡して、そのお金でＮＰＯを創設して、やりたいことをしたい……」と話しましたら、「今の人生と、同じ人生を歩きたいなんて、岡村は幸せだな！」と皆に言われました。

改めて、『過分な人生』に、心から乾杯！　です。

「天地・大自然の後押し」に感謝しつつ、筆を進めました。

２０２１年３月

岡村　隆二

目次

プロローグ

「ばかやろう！」

女が茶碗を投げつけた。男の額にぶつかった茶碗が食卓で跳ね、割れて飛散した。男は傍らのジャンパーをつかむと、玄関の戸を荒々しく引き開け、逃げるように外に飛び出した。暗闇の中を夢中で走る。大粒の雨が額を打つ。茶碗を投げつけられた時、額を切ったのだろう。ひりひりした痛みが走った。雨で濡れた足元のサンダルが脱げそうになる……。

「とにかく、逃げよう」

それしか考えていなかった。


それが、1年間愛し合い、睦み合った女との別れだった。

いや、別れというより、追い出されたのだった。

長野県八ヶ岳山系の寒村のあぜ道を必死で走る男。降りしきるみぞれに、ずぶ濡れになりながら、小淵沢《こぶちさわ》と小諸《こもろ》を結ぶ小海線《こうみ》（八ヶ岳高原線）の中込駅《なかごみ》を目指す。

プロローグ

男は、ポケットを探る。1円すら入っていなかった。文字通り、無一文だった。
その男が、岡村隆二。
つまり、私です。

その私が、「34歳で会社を創業し、23年間オーナー社長として経営し、その会社を譲渡して、NPO法人を創設し……」と、心に描いた〝イメージ通りの成功の人生〟を歩くことに……。

何故、私が〝イメージ通りの成功の人生〟を、成就することができたのか！
このストーリーは私の人生のノンフィクションです。
その中には、「成功の人生」への鍵や、ヒントが一杯詰まっています。
ご期待ください。

人生の四季　（ヒンズー教の教え）

学生期	家住期	林住期	遊行期
	仕事や子育てに励む働き盛り	それまでの収穫を楽しむ実りの秋	ゆっくり淡々と枯れつくす。死の準備
修行の時代（20年）	実行の時代（40年）		成就の時代（20年）

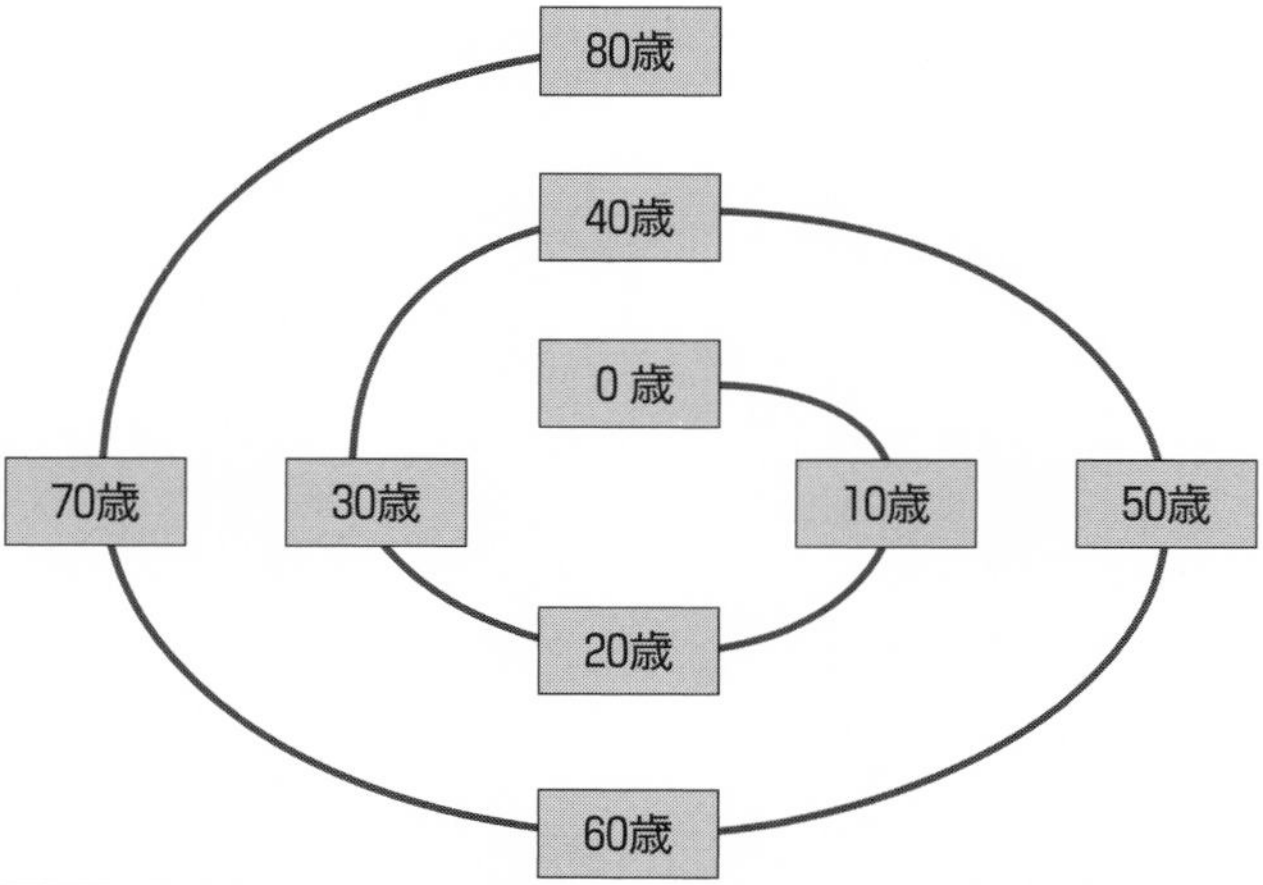

ヒンズー教に『人生の四季』という教えがあります。それは、人間の一生を「学生期（がくしょうき）」「家住期（かじゅうき）」「林住期（りんじゅうき）」「遊行期（ゆぎょうき）」の４つの段階に分けて考えるライフサイクルです

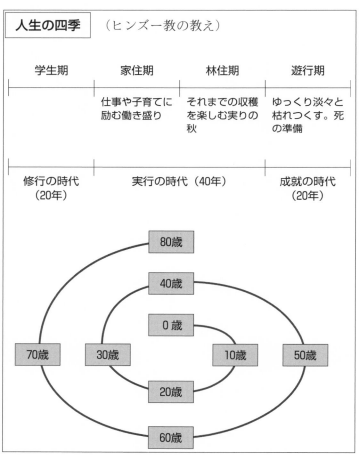

第一章

生きる

Ⅰ　学生期――修行の時代――

（1）出生と小・中・高校生の頃

　私は、第二次世界大戦末期の１９４３年（昭和18年）８月28日に、長崎県のオランダ貿易で有名な平戸市から、船で40分の的山大島《あづちおおしま》という、玄界灘の荒波が押し寄せる当時の人口５０００人ほどの半農半漁の小さな島で、浄土宗寺院・西福寺の次男坊として生まれました。

　この的山大島は、江戸時代に捕鯨で栄えた歴史を持つ港町で、神浦《こうのうら》町の町並みは、江戸中期から昭和初期にかけて築かれた町家が軒を連ねており、国の「重要伝統的建造物群保存地区」に選定されています。是非ＹｏｕＴｕｂｅで、ノスタルジックな町並み〈平戸市的山大島〉を検索してご覧ください。

　２０２０年（令和２年）に第１６２回芥川賞を受賞した古川真人さんの『背高泡立草《せいたかあわだちそう》』の舞台となった島だといわれています。

※的山大島は、２００５年（平成17年）の市町村合併で、平戸市大島村になりました。今は過疎化が進み、人口は約１０００人です。

的山大島の神浦の風景。奥に見えるのが西福寺

１歳半の時、母親が本堂の仏様にお仏飯をあげていたちょっとしたスキに、本堂と位牌堂を結ぶ高さ2メートルの太鼓橋《たいこ》から落ちて頭を割り、18針も縫う大怪我をしました。（今も20センチの傷あとが残っています）

戦時中で島には医者がおらず、母親は私の割れた頭を押さえ、抱き抱えながら、必死の形相で代診さん（医師の代理の人）のもとへと、ひた走ったそうです。お檀家《だんか》の方々に不注意を責められた母親は、非常に責任を感じ、「この子の面倒を一生みながら、生きていこう！」と、決心したのだそうです。

５人兄弟姉妹の真ん中で、兄・姉・妹・弟がいますが、この一件のせいでしょうか、私だけは特別扱いされて大事に大事に育てられました。

　小学生時代は、体育の時間はいつも見学していました。身体は弱かったのですが、勉強はよくできました。中学2年の時は、3クラス150名の代表で卒業式の送辞を読み、3年の時は卒業生代表で答辞を読みました。この時は、「あの隆二が送辞と答辞を読んだ！」と両親が大喜びし、お檀家の方々も喜んでくれて、岡村家の自慢の子になっていました。

　兄弟たちからは「頭を割ったから、悪い血が全て出て、頭が良くなったのだ」などと、からかわれていました。

　子供の時から、ずっとかかっていたお

1歳過ぎの頃、太鼓橋から落ちる少し前。母と兄、姉と

医者さんは、「18歳までを上手く乗り越えれば、後は大丈夫だ！」と診察のたびに言われていました。

平戸市の県立猶興館《ゆうこうかん》高校（松浦藩の元藩校）にも、４００名中20番以内の成績で入学できましたが、高校２年になった16歳の頃から、「18歳を乗り越えれば……」というお医者さんの声が、心に引っかかるようになり、ノイローゼになりました。勉強が手につかなくなり、成績もドンドン落ちていきました。

(2) 生月町・法善寺での小僧時代

希望した大学の受験に失敗し、「予備校に行こうかな！」と思っていた時に、隣の島の生月《いきつき》町の法善寺に、松野瑞昌《ずいしょう》上人が後継者として東京から帰ってこられました。母親が松野上人を非常に尊敬していて、「予備校に行くよりも、法善寺で1年間修行してきなさい」と、小僧として預けられました。

生月町は、古くから〝捕鯨の町〟として遠洋漁業が盛んな島で、大人の男たちは遠くの海へ操業に出かけ、留守を預かるお年寄りや女性たちが、「船底一枚、下は地獄」といわれる操業の安全を祈って、お寺にお参りします。

一日中、お檀家の方が本堂にいない時間帯がないほど、ひっきりなしにまるで競争でもするように、お参りする信仰心の篤《あつ》い島でした。そのお寺で1年間、掃除と勤行《ごんぎょう》と、お檀家のご自宅へのお参りなどで、修行をしました。

ある日、貧しいお檀家にお参りをした時、お布施《ふせ》をいただいた後に合掌をして、「確かにいただきました。オバアチャンこのお布施で、今晩の美味しいオカズを買ってね」と言って、お布施を返しました。

法善寺の本堂前で、松野上人（中央）と。右端が18歳の私

お寺に帰って住職にお参りの報告をしました。お布施が1つ足りません。「1軒分が足りないけど、どうしたんだ？」と問われ、経緯を説明したらひどく叱られました。「何ということをしたんだ。そのオバアチャンはお布施を出すことにより、物に対する執着心から解き放たれたんだぞ。それを返すと、せっかく放した〝物に対する執着

心〟を、また呼び起こすことになるではないか！」

と、烈火の如く怒鳴られました。それはそれは、真摯で真面目な住職でした。

また、こんなこともありました。私は18歳で、燃え盛る煩悩と必死に闘いながら、〝無〟や〝空〟になりきる修行をしていました。

住職は煩悩に対して聖人の如く超然としており、比べれば比べるほど、自分の煩悩の深さ、性欲の強さに悩まされました。まるでヘルマン・ヘッセの小説『知と愛』で、〝知に生きる人〟ナルチスと、〝愛に生きる人〟ゴルトムントのような関係でした。

ある時、私は燃え盛る煩悩の深さに耐えかねて、一晩中、眠らないで考え続けて「男根を切ってしまおう！」と、決心しました。翌朝、青白い顔をして住職に相談したら、最初は笑って聞いていた住職が、

「隆ちゃん、それは大事な問題だぞ！　男根を切ってしまうと、男か女かわからないような、弱々しい人間になるぞ。〝煩悩即菩提〟といってな、煩悩が強ければ強いほど菩提心（求道心）も強くなるんだぞ！」

と説得されました。納得して切るのを諦めました。「切らずに良かった」というのが実感です。（〝六根清浄、一根不浄〟といいますが、後年、この〝一根〟が「喜びと苦

悩」を与え続けることになります）

生月町での修行生活は、青春を思いっきりぶっつけた1年間でした。この1年間が、私の人生の原点になりました。人生のターニング・ポイントでした。

(3) 生月町・法善寺でのお説教—岡村隆二の『初転法輪』原稿（18歳）

前述の通り、私は1962年（昭和37年）3月に平戸市の県立猶興館高校を卒業して、4月から生月町の法善寺様に小僧で1年間、随身《ずいしん》（小僧）をさせてもらいました。

その年の6月の「夏安居《げあんご》」（夏行）で、松野瑞昌上人のお父さん、松野上人、岸上人、私の4名が、交互にお説教をすることになりました。

私も数回、担当の日に高座に上がりお説教をしました。その中の3回を掲載します。少し長い文

当時の説教の原稿。父の死後、遺品の中から出てきました。父は私のお説教を心から喜んでいました。

章になりますが、私の18歳の時の「初転法輪」です。
（3月に高校を卒業して、6月に高座でお説教をしたことになります）

1962年（昭和37年）6月「夏安居のお説教」（原文のまま）

第1話

一昨日は私の説教を、あくびもしないでお聞きくださいまして、誠に有難うございました。一昨日のお説教が、くだらんことばかりでしたので、「今日僕の番には、参り手はあるやろか！」と、心配で心配で、昼食もあまり食べきりませんでした。

（千加子姉さんがあそこで「3杯も食べたくせに！」と、笑ってる）

食事が済みますと、すぐ本堂の正面で参る人を見守っていましたら、鴨川の婆ちゃんが真っ先に来てくださったもんけん、嬉しくて嬉しくて……。

今日も昨日と同じくらい多数お参りくださいまして、感謝しております。

僕は和尚様や岸先生が説教する時は、いつもそこに座って、皆様方を見ていて、皆様方の様子を伺わせてもらっております。

皆様は堅い話の時は下を向いて、時にはコックリコックリして聞いていらっしゃいますが、いざ経験話や面白い話になりますとパッと、一同号令ばかけたように頭を上げて、目を光らせて聞き入ります。

今、春ですので眠いのは当たり前です。ですから前のような、皆様方聞き手の心理を参考にいたしまして、堅い話は、秋の読書にも説教聞きにも快適な時候に、他所の布教師様をお彼岸や御忌《ぎょき》様（注：開祖である法然上人の命日の行事）の時にお招きいたしまして、説教してもらうようにいたしまして、今日は愉快な眠くない話をいたします。

（フフフ!!　本当を申しますと、ためになる堅い話を、僕はまだしきらんとです）

毎度のことながら、お聞き苦しゅうございましょうけれど、これが僕の専売特許ですから仕方ございません。ご辛抱くださいませ。

さて今日は〝和〟つまり家庭の和、社会の和についてお話しいたしましょう。

3ヶ月ほど前の朝日新聞に「嫁さん、姑に憎まれ西海橋より投身自殺す」という記事がございました。これは婆さんの息子が、結婚して嫁さんと仲良くやっておりますと、婆さんは一人息子だったもんけん、息子を嫁に取られたような気持ちになりましたんです。つまり息子から自分が見放されてるように感じたんです。

ところがこの婆さんには、信仰心がなかったものですから、「仏様という自分を可愛がってくれる、または見放さないでいてくれる方がいらっしゃる」ということを、知らなかったんですね。

息子が家にいる時は何も言わなかったんですが、息子が会社に行っている時は、嫁さんばいつもいつも泣かせていたんです。それでとうとう嫁さんはたまらなくなり、自殺したのでございます。

また、この前の新聞にも「15歳の娘、家出して鉄道自殺す」というのがありました。

これは、その家では夫婦喧嘩ばかりするもんで、その娘は近所の家に気の毒になり（注：「気兼ねして」）、学校でも夫婦喧嘩を友達からからかわれるようになりましたもので、ついに自殺を選んだのであります。

家庭の不和が、この末だほんの15歳の娘を死に追いやったのでございます。

皆様の家庭では夫と妻、嫁と姑の間は仲良くしっくりいっていますか！

もちろん皆様方のように、信仰心が深ければきっとうまくいってるだろうと思いますが、家庭の和で、最も大切なことは「～のおかげ」ということですね。

たとえば、「おれのおかげで君は……」とか、「私のおかげであなたは……」だとか言う〝おかげ〟ですね。この〝おかげ〟の使い方で家の中は明るくもなり、暗くもなるのでありますよ。

夫は妻に対して「わあがは、俺の働いたおかげで、食べて生きていかれるとぞ」と言い、妻は夫に対して「わあがは、うちが家で子守したりご飯炊いたりしよるけん、安心して働かれるとぞ」と言いますと、そこに和が崩れ、ニラミアイとなります。そうでしょう。

お互いが「おれのおかげで」「わたしのおかげで」と、〝おかげ〟を自分の方につけますと、〝不和（和にあらず）〟が生じます。

ですからこれを一歩譲りまして、夫は「君のために、俺ゃ安心して働かれるばい。ほんに助かるばい」と言いますと、妻も「んにゃ、そぎゃんことはなかばい、あんたのおかげで金の入ってほんによかばい」となり、そこに〝和〟が生じます。

嫁と姑の間でも同じであります。

そこの、「相手に一歩譲る」といいますことが、信仰心がなければできません。信仰により、広い心を持つようにしなければいけません。

僕の家を例にとりますと、父と母が喧嘩をしますね。いろいろ言い合った後で、母がふくれて買い物に家を出て行きますと、父はわざと一歩譲って、玄関まで送っていき、手をついて「いってらっしゃいませ」と、母に申します。すると母は花変えの人たちが、家の前を通っておりますもんで、恥ずかしいから「やめて、やめて」と笑いながら叫びます。

笑うまで、父がやるもんですから。

そこでお互いに笑い合って〝和〟が生じ、家庭円満となるのであります。

皆様、よございますか!!「一歩相手に譲る」これが念仏を申す以上なければなりませんよ。人間この世での命は、長生きしたとてたかが知れています。

だから「こんクソ婆、早よ死ね!」と、家庭の人から言われながら往生するんではなく、お念仏を申して、相手に一歩譲って、嫁さんからも、お孫さんからもご往生を惜しまれてるような、よいお婆ちゃんになりましょう!!

第2話

ようご参詣くださいました。

台所での話ですと、昨日はお茶うけが何もなくて、お茶だけだったそうでして、それにもかかわりませず、皆様ご参詣くださいまして、どうもどうも有難うございます。

今日は「功徳」について、お話しいたします。

功徳とは、「悪尽きるを功といい、善満つるを徳という」「功を施すを功と名づけ、己に帰するを徳という」であります。

詳しくお話ししますと、〝功〟とは、「人に対して良いことを施すこと」でありまして、良いことをいたしますと、それは必ず自分に返ってきます。

「情けは人のためならず」です。この自分に返ってくるのが〝徳〟であります。

例をあげますと、

大島の実家のお寺のお檀家に、60歳くらいのお婆ちゃんがいます。このお婆ちゃんが、全く感心なお婆ちゃんです。というのは、僕が平戸の高校に、朝六時半の船で通学していた時に、お寺の境内が綺麗に掃除されているんでございます。初めは誰が掃除をしているのか分かりませんでしたけど、実は、このお婆ちゃんが朝六時頃から、一人で掃除をしていたのです。

このお婆ちゃんは、お寺を掃除するために、わざわざ箒《ほうき》と草取り鎌を買って、お寺のために、夕方や早朝の人が見ていない時を選んで、掃除をしていてくださっていたんです。

そんなある日、僕が夕方の船で帰ってきますと、境内の隅の方で、人に隠れるように、このお婆ちゃんが草取りをしていました。

僕は「お婆ちゃん、どうも毎日毎日スミマセンね」と言って通りすぎました。ところが、後ろの方から「あんた、そぎゃん仕事ばしたって、何ももらわんとぞ！」という声が聞こえてきました。

僕はまだ信仰が足りんもんけん、腹が立って怒鳴りつけたかったんですね。ところが、このお婆ちゃんは信仰ができているんですね。何一つ口答えするでもなく、ただ一声「南無阿弥陀仏」と、口の中で言いながら、手も休めずに草を取っているんです。

同じ婆さんでありながら、信仰心により、こんなに違うもんかと、感心させられました。

このお婆ちゃんは、「掃除をする」という〝施し〟によりまして、仏様から尊い慈悲というものを受けなさっているんです。「何かをもらうから、これをしよう！」とか「もらわんから、これをしない」とかいうものではありません。良い〝施し〟をしていますと、仏様はちゃんとご存知です。見ています。

僕は、今こちらにお世話になりましてから、初めて「成功とは金持ちになることでも何でもない」字の如く〝功を成す〟ことであるということが、言葉だけでなく、心からそう思えるようになりました。

今までは、うんとお金儲けをして……と、考えていましたが、今は全くそう思いません。

成功とは金持ちになることではないと、本心から思えるようになりました。

僕はこう思えるようになった自分を心から褒めています。

僕はご存知の如く髪の毛を伸ばして、ハイカラ（長髪の意）しております。その理由は、１歳半の時に本堂とお位牌堂を結ぶ太鼓橋から落ちて、18針縫いました。

母は、お檀家の人からひどく叱られたそうです。父母は毎晩毎晩、寝ないで

「南無阿弥陀仏」「南無阿弥陀仏」と、唱えて看病してくださったそうです。

昭和20年といいますと終戦直後です。

「その頃、1歳半で18針も縫う怪我は、普通ならば助からないのではないか」と、こちらの方丈様もおっしゃっていました。

「普通ならば助からないのに助かった！」、そこに阿弥陀様の尊いお陰があるといえると思います。

僕は小学校の時は身体が弱く、体育の時間はいつも休んでいました。

そのため母は「あんたは和尚さんになりんしゃい」といつも言っていました。

小学4年の時、作文に「僕は大きくなったら布教師様になり、全国を布教して回る」と書いたことがございました。

中学の時に、学芸会で3年間〝お話〟（注：学芸会で野口英世や、ヘレンケラーの話をしたことを今でも覚えています）をいたしました時、母は「よか布教師のできた」と言ってお檀家の人たちに自慢して回っていました。

ところが高校に入りまして、身体も強くなりましたので、「お坊さんには絶対ならん」という考えが起こり始めました。

父母は、「あんたは次男なんだから、気楽に人生を悔いのないように過ごし！」

と言って、坊さんにならないことに反対はしませんでした。一応、経済関係に進もうと決心しました。ところが、そう思ったからかどうか、高校2年の時、頭を打ったことを原因にしてノイローゼになってしまい、大変悩みました。

そうして今、こうして此処の法善寺様にお世話になっておりますうちに、僕の考えは「他人のためになるようなことをして一生を過ごそう」と思うようになりました。

「他人のためになる功徳を積もう」と思うようになりました。

僕は仏様から助けられたんだと思っています。

そのように考えるようになりましたある日、友引と日曜が重なり、天気もよかったもんですから、ひとつ一部《いちぶ》（地名）の方に遊びに行き、御崎《みさき》でも見に行こうとお寺を出ました。12時で行ったもんですから生憎《あいにく》バスがありません。すると観光団の一団がバスを貸し切っていたものですから、それに便乗させてもらい御崎めがけて出発しました。

途中で乗り換えのために貸し切りバスを降りて、御崎行きのバスを待っておりました。

バスまで1時間半ほど時間がありましたので、海岸に座って下を見ていますと、下の方で20人ばかり人夫さんが砂利を船に積み込んでいます。

見るとモッコが一つ余っています。「この人たちはこんなに働いて、一日200円から300円しかもらわないんだ」という考えが頭にきたものですから、「よし、ひとつ加勢でもしてやろう！」と、下におりていきました。

初めは皆、仕事を止めて僕の方ばかり見ていましたものですから、裸足になり「お加勢しましょう。バスの時間が1時間ほどありますから」と言って、モッコを荷い始めました。皆さん親切な人ばかりでした。僕には少ししか入れてくださいませんのです。いろいろ話し合いながら楽しく加勢しました。

その話の内容を、横道にそれますがちょっとお話しいたします。（笑わせるために）

「あんたはどこん人な？」「あんたはどこん人な？」と、しちこく聞くもんですから、とうとう「法善寺の坊さんたい」と答えました。そして、こちらの方丈様が独身なのを知ってまして、「今年はいくらにゃ？」「28たい」「まだ嫁さんもたんとやろが、どんが一つ嫁さんになるかね」と、50歳くらいの婆さんが名乗り出てきました。
これは笑わせるために話したんです。（注：実際、この話は大うけでした。今もよく覚えています）
そうこうしているうちにバスが来たもので、別れますと皆が手を振って送ってくださいました。皆様〝功を施す〟と、必ず自分にもまた施されます。僕には20人の笑いというものが施されたのです。徳を積みましょう。

第3話

本日はどうもご参詣くださいまして有難うございます。

今日は念仏ということについてお話しいたします。「念仏」とは仏を念ずることであります。

仏とは、先日和尚様が話しましたように〝同体大悲〟、つまり我々のお母さんのように、我々が悲しい時は「ああ、かわいそうだなあ、出来ればその苦しみを私が変わってやりたい」と願うものであります。

親というものは、全く有り難いものです。

僕が高校時代、あることについて悩んでいて毎日つまらなそうにして学校に行っていた時、父は毎日6時ごろ、僕より早く起きて「さあ今日も元気出してしっかり頑張ってこい！」といつも玄関まで送ってくださってました。

母は今、「僕が一人前の男になるまで、お茶は絶対に飲まない」と言って、お白湯ばかり飲んでいます。どうです！

子供が悩んで苦しい時は、親は自分も苦しんで、子供の苦しみを分けてもらって、子供の苦しみを少なくしようと思いますんです。

また反対に、子供が良くなれば、自分のこと以上に喜んでくださいます。

先日、「説教のネタ（材料）がなくなったから、材料を送ってくれ」と手紙を出しました。昨日、手紙が着きましたので早速開けてみますと、その手紙が実は、博多の母の実家に出すのを、住所を僕の所にして間違えたもので、僕の所に変な手紙が迷い込んできたのです。

その手紙の内容は、「私が一番心配していた（頭を打ったから）隆二が、生月でお説教をしているとか言ってました。あの子がどんな顔して、高座に上がっとるんじゃろか。手紙をもらって笑いながら、涙が出ましたよ」という内容のことを書いていました。

親は自分の子供の悲しい時は一緒に悲しみ、嬉しい時は一緒に喜ぶ、大変有り難いものです。この有り難い親が、皆様にはもう父母はございませんでしょうから、この有り難い親が仏様なのでございます。

浄土宗の教えは、「仏（釈迦）も昔は凡夫なり、我もやがては仏なり」であります。

人間は誰でも仏になれます。ですからこの仏様に自分がなるのを目指して、常に明るく生きるように、心がけることが仏に帰依する仏教徒の心であります。

「善人さえ救われる、まして悪人をや」というのがございます。

親は、子供の中で一番出来の悪い者（例えば、頭を打った僕）を、最も可愛がります。

これと同じように、阿弥陀様は、世の中で最も出来の悪い悪人に、「善人さえ救われる、まして悪人（出来の悪い人）を救わないことがありましょうか」と、言われたのです。

このように、皆様には阿弥陀様という偉大な方の御力がございます。

私たちはこの御力に報いねばなりません。僕らは親孝行ということで報いられます。

先日、父が「血圧が高い」と言うものですから、手紙に「お父さん、僕がお逮夜《たいや》（注：葬儀や命日などの忌日の前夜）回りをして、少しばかりお金（お布施）をもらいましたので、そのお金で高血圧の治る薬を買ってください。そして長生きして、徳を積んでください」と言って、送金いたしました。ところが、すぐ返事がまいりまして「多額の金どうもありがとう。早速、本尊様にお供えして、家の者みんなで拝みました。拝んでいて涙が出ましたよ。この金で血圧の薬など買うのは勿体ないから……」という返事でした。

僕ら未だ親のいる者は親孝行ができます。皆様は花変え、墓掃除で、阿弥陀様に報いねばなりません。そのことが念仏を申すことの土台になります。

さて、今日はどこかのお婆ちゃんから「今度は嫁と姑のケンカばお聞かせ」と、注文されましたけど、生憎家には姑さんがいません。で、近藤のお婆ちゃんから、いつか僕の番の時に、してもらうことにいたしまして、今日はちょっと真面目なお話をします。

念仏といいますと「南無阿弥陀仏と申すことである」と一般に思われています。しかし、念仏というのは、ただ口で「南無阿弥陀仏を唱える」という〝口称《くしょう》の念仏〟だけではありません。

字の如く「仏を念ずること、仏を想うこと、全てが念仏」であります。仏を心に想い、口で南無阿弥陀仏と唱え、身で礼拝する。これは皆、念仏であります。

仏教の目的は、先にも述べましたように「生きとし生ける者が、皆、仏となること」であります。仏になるには、仏を念ずることが必要であります。

念仏とは、不離仏《ふりぶつ》（仏と離れないこと）であります。

念仏には4種あります。つまり、称名《しょうみょう》念仏（専ら口に仏の御名を称念するので、今日、我々が南無阿弥陀仏と声に表して唱える念仏です）、次に観像念仏とは、絵に画いたり、彫刻にある仏像を見て、「仏はこのような方である」と心に想い、観《み》る念仏です。

3番目の観想《かんそう》念仏は、仏のお想いや、お心を心に想い浮かべて唱える念仏です。

もう一つ実相念仏があります。

これら4つのうち、初めの称名念仏以外は皆、心をしずめ、心を統一して念をこらす〝観念の念仏〟でありますので、これらは一枚起請文にもありますように「観念の念にも非ず」ですから、本当の念仏ではありません。称名念仏だけが本当の念仏です。

また、「念仏はお経の文意（意味）を知ってから、唱えなければならない」ということもございません。「学問をして、念の心を悟りて申す念仏にも非ず」です。

つまり、生月丸で平戸に行くとしても、生月丸が一部に寄ってから、何処をどう通って平戸に行くということを知っていても、また反対に何も知らず、ただこの船に乗れば平戸に行けると教えられて、乗って平戸に行くことも出来ます。よございますか！

今の場合、生月丸とは南無阿弥陀仏と親様の名号を唱えることであり、平戸とは極楽浄土を言っているんです。ですから、結局何も知らなくても、ただ心から南無阿弥陀仏と唱えることによって、浄土へ行かせてもらえるんです。

ある時、法然上人の弟子の信空上人が法然に聞きました。

「知恵が往生にいるならば、自分は勉強いたします。また、ただ称名で不足ないのならばその通り称名をします」と。

すると法然は「〝往生の業は是れ称名〟ということは、善導大師が言いました。ですから、往生のためには、南無阿弥陀仏と称名で足りるのです。学問をやろうと思うよりは、只一向に念仏して往生を遂ぐべきである」と言いました。また、但し「念仏往生の旨を知らない間は、これを学べ」と言い、「これが分かったならば、学問は第二にして、念仏をただ申せ」と言いました。「念仏申すには全く別の様なし、只、申せば、極楽に生まれると知りて、心をいたして申せば参るなり」です。只、申すばかりです。只、申すこの一声が、往生極楽への道となるのです。今日は、少し難しい話じゃったばってん、誰も眠っておらんやった。我慢して聞いてくださり、有難うございました。

(4) 東京での大学生の頃

生月町法善寺での1年間の小僧生活を終えて、翌年3月に、大勢のオバアチャンたちから「いいお坊さんになって帰ってきんしゃい!」と、紙テープで桟橋から見送られて、〝青雲の志〟を抱きながら、佐世保発の急行列車「西海」に23時間乗って上京し、東京の大正大学仏教学部浄土学科に入学しました。

実家のお寺は貧乏なお寺でしたので、青山のお寺に随身（小僧）として入り、小僧をしながら大学に通わせていただきました。

人口わずか3500人ほどの長崎県北松浦郡大島村から、いきなり東京のど真ん中にある青山外苑前のお寺に来ましたので、見るもの聞くもの、それはそれは、全てが驚きと感動でした。同時に「田舎のお寺と、都会のお寺の大きな差」に戸惑い、悩み続けた学生時代でした。

生月町での信仰を中心とした〝非合理の世界〟から、大都会の効率を最優先する〝合理の世界〟に飛び込んできて、大きなカルチャー・ショックを受けました。

「東京のお寺の住職は、お檀家さんにもっとお説教をして、仏の教えを伝えようと、どうしてしないのだろうか？」

「どうしてお葬式や法事だけしかしないのだろうか？」

などと、悩みながらの生活でした。

住職と睨み合いの喧嘩をして、お寺を飛び出したこともありました。また、ある時は「新しい宗教を自分で興して、教祖になろう！」と、真剣に考えたこともありました。

大学4年生の暮れに、お坊さんとしての理想と現実のギャップに悩み、「別の世界も見てみたい！」と思って、お寺を出ました。

加行《けぎょう》も終えて、僧侶の資格は持っていましたが、その時にお坊さんになることを放棄しました。

(5) 熱海での「青春の門」

既成の寺院のあり方に反発すると同時に、強くて執拗な〝性の煩悩〟に悩まされながらも、お寺という〝聖なる場所〟で童貞を守りながら、23年間、「純な心」で生きてきましたので、大学卒業を真近に控えて、「もっと汚い世界を見てみたい！」という強い衝動にかられました。

卒業論文も終わり、「大学院にも行きたい」という淡い気持ちもあって、〝お金を貯めたい〟という欲求と、〝汚い世界を見てみたい〟という2つの欲望から、熱海の旅館やホテルに10通の往復ハガキを出しました。

大学４年生の時。港区芝の増上寺で
右端が私

増上寺での加行。２列目右から３番目が私

内容は「大学4年生ですが、卒論も終わり、時間もあるので、住み込みでアルバイトをさせてください……」というものでした。

10通出したうち、1通だけ返事が来ました。

それは、尾崎紅葉の『金色夜叉』で有名になった〝お宮の松〟の真ん前にある〈よろずや旅館〉からの返事で、「年末年始は、団体客が多くて忙しいから、すぐに来てくれ」というものでした。

早速、すっ飛んで行きました。「泊まれて、3食付いて、月2万円」という、非常に恵まれた良い条件でした。（当時は、大卒の月給が3万円くらいでした）

熱海の旅館での生活は〝聖なる場所〟に住んできた私が、生まれて初めて体験することばかりでした。ある時は、座敷に呼んだストリッパーのレコード係をしたり、お客さんが馴染みの仲居さんと料亭に飲みに行く時に、一緒に連れて行ってもらったり……と、今までとは全く別世界の愉《たの》しい日々でした。

仕事の一つに、団体客が宴会をしている間に、仲居さんと布団を敷いて回る作業がありました。仲居さんと2人で布団を敷いていると、仲居さんが布団の上に仰向けに寝て、「学生さん、きてきて！」と本気で誘うのです。30歳～40歳代の3人の仲居さんから誘われましたが、23年間〝聖なる場所〟で育った私はまだ童貞でしたので、怖くて誘いにのりませんでした。

（もちろん、女体にも乗りませんでした）

そのうちに、旅館内で「あの学生さんは童貞みたいだよ！」という噂が立ちました。

その旅館に、24歳のマッサージ師をしている女性が通いで来ていました。彼女には、ある信用金庫の理事長のパトロンがついていて、通称を「熱海の○○」と呼ばれていて、「自分にはできないことは何もない！」と、豪語していました。

マッサージ師の免許は持っておらず、馴染みの客に呼ばれたら、時間付けで花札をやり、一晩に3万～4万円を稼いでいました。その彼女が、旅館のフロントで私の噂を耳にして、私に興味を持ちました。

ある時、彼女から「学生さん、飲みに行こう！」と誘われました。私はお酒が弱くて、酔っ払ってしまいました。酔った私を、彼女が「送っていくわ」と、ラブホテルに連れて行ったのです。

「今晩は何もしないで！」

と言うから、一つの布団で、〝一根〟をビンビンさせながら、大人しく我慢をしていました。しばらくして彼女がいきなり、〝一根〟に激しくキスをしてきました……。生まれて初めて体験する快感が、全身を突き抜けました。

その夜は、それ以上のSEXはなく、終わりました。

SEXの経験がある男性なら、一つの布団に入ったら、すぐに女性を抱いて、求めるのではないでしょうか。でも、私は経験がなかったので、彼女の言う通りにして、〝一根〟をビンビンおっ勃《た》てながら、大人しくしていました。

そんな私を、彼女は「童貞だ！」と確信したわけです。

次に会った時に、初めて本当のSEXをしました。

私も〝初めての女体〟に溺れました。彼女も私の〝清浄な身体〟と〝清浄な心〟（ピュアーなボディと、ピュアーなマインド）の虜になりました。

それから私は、そのまま3月になっても、4月になっても、5月になっても東京には戻らず、熱海に居ついてしまいました。彼女と同棲を始めたのです。

熱海は〝女の社会〟ですから、男の職場はあまりありません。ビルの建築作業現場で作業員として鉄筋をかついだり、セメントを混ぜたりと、肉体労働の日々でした。

鼻の頭に泥を付けたまま急いで走って家に帰ると、その泥の付いた私の顔を見て、彼女が涙を流して笑いながら、２人で抱き合ったりした、新婚みたいな生活でした。彼女も私のために、パトロンと手を切りました。純粋にお互いの性を貪り合う生活でした。

いつまで経っても、東京に帰ってこない私を、小僧時代に伝通院で一緒に随身をした友人の麻井さんが心配して、連れ帰るために熱海まで来ました。

彼女との間で「帰せ！」「帰さない！」の喧嘩になり、麻井さんが彼女を叩いたら、ひっくり返ってケイレンを起こし、救急車で運ばれました。

「熱海時代」の私

その日から彼女は、「私が東京に帰るのではないか」という観念にとらわれて、私から全ての金銭を取り上げ、私は部屋に〝軟禁状態〟にさせられました。

私は職もなく、将来が全く見えないの

で、結婚は無理だと思えてきました。

いろいろなゴタゴタがあり、2人で話し合っても一向に進展しないので、11月に長野県にある彼女の実家に話に行くことになりました。

実家は農家で、彼女は4人姉妹の長女でした。2人の妹は役場と農協に勤め、一番下の妹はまだ高校生でした。地元では大変恵まれた家庭環境でした。

3泊して、彼女と私の出会いなどの事実を話しました。両親や妹たちは、彼女がマッサージ師をしていたことなど全く知らずに、最初はさんざんに責められました。

彼女は高校を卒業して、集団就職で熱海に出て、ある有名なスーパーに勤めていました。家族は、そのままそこで働いていると思っていました。

私が、正直に事実だけを家族に話していた時に、突然、彼女が大きなメキシカン・オパールの指輪をはめたゲンコツで、私の頭に殴りかかってきました。

その情景を見て、妹たちも「姉さんは変わってしまった。私たちが知っている姉さんではない。岡村さんが言っていることは事実のようだ！」と、徐々に私の味方をするようになってきました。

4日目の真夜中の1時頃、話の途中で彼女が興奮して、「ばかやろう！ 貴方《あなた》なんか帰れ！」と、茶碗を投げつけ、突然騒ぎ出しました。

私は何も持たずに、土間にあったサンダルをつっかけて飛び出し、一目散に逃げ出しました。「彼女の家から、一歩でも遠くに逃げよう！」と、みぞれが降っていた11月の真夜中に、3つ先の中込《なかごみ》駅に向かって、必死に走りました。とにかく無我夢中で走り続けました。

2駅ほど夢中で走った後に、途中に古びたお堂があったので、そこで雨宿りをして、寒さに震えながら夜が明けるのを待ちました。

翌朝、ポケットをまさぐってもお金が1円も入っていません。幸いなことに腕時計をしていたので、その時計を駅前の交番に担保として預けて、東京までの電車賃を借り、やっと東京に戻ることができました。

余談ですが、中込駅で小諸行きの2両編成の電車に乗ったら、同じ車両に彼女の父親が乗っていました。大人しい父親だったので、お互い目をそらしてチョコンと頭を下げました。

東京に戻った私は、高校時代の友人が借りていた板橋のアパートに入り込みました。

そこから歩いて通える女性用の財布を作る家内工業的な作業所で、財布作りのアルバイトをしながら食いつないでいました。一日中、手作業で財布を作り、昼食と夜食が食べられて、賃金がもらえました。

長野県から必死に逃げてきて、1ヶ月ちょっと経った1月7日に、その友人のアパートに突然、彼女が現れたのです。私が残した手帳から、友人たちの住所を片っ端から当たったようです。

板橋にいることを突きとめてからは、板橋駅で通勤時間帯に数日張り込んでいたようですが、私が現れないので、しびれを切らして友人のアパートに来たようでした。すったもんだの挙げ句に、彼女から蛍光灯のスタンドで殴られて、額に2回目の傷を負いました。〝愛が憎しみに変わった〟瞬間です。

私はそれから長崎の実家に帰ったのですが、実家にまで脅迫状が数通きて、「いついつまでに東京に帰ってこなければ、貴方の実家をメチャメチャにする」と、脅してきました。

私は両親に嘘をつき、3月に東京に戻りました。

新聞広告で「寮のある会社」を真剣に探しました。英会話の会社「Tokyo English

Center（ＴＥＣ社）」が、営業マンの募集をしている記事が目に留まりました。

しかし、応募の締め切りを既に2週間ほど過ぎていました。アポイントメントもとらずに飛び込みで、人事部に履歴書を持って行き、面接をしてもらいました。

面接した採用担当者が私に興味を持ち、「貴方は面白い方ですね！　部長に会ってみる？」と聞かれ、部長面接で即採用になりました。「募集期間が過ぎているから、ダメだろう！」などという〝既成概念の壁〟にとらわれなかったのが、幸いしました。

これが私の〝成功の人生〟へのスタート台になりました。

新入社員として初めての会社勤めでした。

その職場にも、彼女から頻繁に電話がかかってきました。「新入社員なのに何だ！」と思われそうで気になりましたが、会社の同僚に事情を話したら、全員で味方になってくれて、援護してくれました。その会社では営業の基本を教わり、営業成績もよく、同僚からも慕われた営業マンになりました。

彼女からは相変わらず追いかけられていました。

ついに「私を殺さなければ納得できない。生かせておくわけにはいかない」と、間に入って交渉してくれた麻井さんに言い始めました。３人で話し合った際に、麻井さんから「岡村、死ぬしかないか！」と言われた時、私は死を覚悟しました。「23歳で人生が終わるのか！」と思った瞬間に、走馬灯の如く、23年間の過去が頭の中を駆け巡りました。可愛がってもらった母親の悲しむ顔が先ず浮かびました。

「何の親孝行もできずにゴメンネ！」と、心の中で謝りました。

麻井さんは「場所と時間は貴女が指定していい。ただし、自分が立ち会う」と言って、彼女と別れました。長野県から、真夜中に必死に走って東京に帰ってきた日から、丁度1年が経った11月の事でした。麻井さんと一緒に警察にも相談に行きましたが、「実害がないと、警察は何もできない」と言われてしまいました。現在も55年前とあまり変わっていないようですね。

12月に彼女から麻井さんに電話が入りました。その内容は「場所と時間が決まった。場所は熱海で、時間は12月31日午前0時だ！」ということでした。麻井さんは「時間はOKだけど、場所は熱海以外にして欲しい」と交渉してくれました。

電話の向こうで「熱海はまずいと言っている」と、彼女が誰かと話している声が聞こえてきました。私は〝殺し屋がそばにいる〟と直感しました。

「もう死ぬしかないのか！」

そう覚悟を決めました。当時、熱海には有名な暴力団の組織があったのです。とにかくその場は、相手を怒らせないように、麻井さんが上手にうやむやに引き延ばしてくれて、逃れることができました。

年が明けて、1月と2月には、急に何も連絡してこなくなりました。

1年前の11月にみぞれが降る真夜中に「帰れ！」と言われた日から、彼女の妹たちは私の味方になってくれていました。その妹に連絡してみたら、「下の妹に結婚の話が来ていて、近々まとまりそうだ」とのことで、妹たちが真剣に、姉を説得してくれたようでした。

「お姉さんが不幸になるのは構わないが、私たちの幸せまで奪う権利はないよ」と、必死に真剣に家族全員で説得したようです。その結果、連絡がピタリと止まりました。

その後、妹さんから「姉はタイピストになり、商社に勤めた」という連絡をいただいたので、確認のためにその会社に電話して、「○○○○さんはいますか？」と交換手に尋ねたら、「ハイ、総務課の○○○○ですね！」と応えたので、慌てて電話を切りました。その会社には大変失礼なことをしました。ごめんなさいね。

かれこれ50年以上も前の出来事ですので、もう全てが時効かと思います。
何だかんだと言い訳をしても、〝男である〟私の責任だと思っています。
○○○○さん、ゴメンナサイネ！

それ以来、女性とお付き合いをする際に、「結婚はできませんが、それでよろしければお付き合いをしましょう！」と、付き合う前に必ず断ってから、付き合う癖が身につきました。（笑い）

Ⅱ　家住期（仕事や子育てに励む働き盛り）――実行の時代ＰＡＲＴ１――

（１）ＴＥＣとタイムライフ・ＥＳの頃

前にもふれましたが、ＴＥＣ社では営業成績もよく、同僚にも恵まれて、楽しい社会人のスタートでした。

ＴＥＣ社で、非常勤講師をしていた野澤八寿子《やすこ》と巡り合いました。彼女は貿易商社の社長の娘で、聖心女子学院初等科から聖心女子大学を卒業して、英国に留学をした女性でした。

１９６４年（昭和39年）の「東京オリンピック」の時には、英国留学中にお世話になった恩返しとして、ボランティアで英国の選手団長の通訳をやり、閉会式にはイギリスの選手たちと一緒に、国立競技場で入場行進をしました。

また、１９６７年（昭和42年）の「ユニバーシアード東京大会」でも、イギリス選手団の役員として、入場行進に参加しました。

ユニバーシアード東京大会。女性の左から３人目が野澤八寿子

私たちは１９７１年（昭和46年）11月に知り合い、お互いの「過去」「現在」「未来」を語り合いました。

彼女は聖心でキリスト教の教育を受けましたが、キリスト教を素直に信仰することができず、「信じなければ、天国には行けない……」と、いつも脅かされて教育されてきました。

そんな彼女に、「〝仏教は八万四千の法門〟といって、相手の気根（能力）に応じて法を説いているんだよ。自力で悟りを得られる人には真言宗や禅宗があり、他力で救われたい人には浄土宗や浄土真宗の念仏があるんだよ」などと、宗教・哲学・人生を真剣に話しました。また、熱海時代の出来事も、全て話しました。

彼女にも、東京オリンピックで選手団長の通訳をしていた時に、英国選手を励ますパーティーで知り合った英国人実業家の恋人がいました。その恋人は結婚していましたが、「離婚して、君と結婚する」と固く約束し、7年間ほどの相思相愛のお付き合いでした。

英国では、男性に〝非〟があって離婚する場合は、財産のほとんどを妻に渡さなければなりません。彼は「離婚する！ 離婚する！」と言いながら、7年間、彼女を待たせていました。

私と彼女はお互いの「過去」「現在」「未来」を徹底的に話し合って、会った日から2週間後には、「結婚しよう！」と決めました。しかし彼女の両親からは、「半年間、付き合ってから結婚しなさい！」と、忠告されました。

その忠告を受け入れて、「半年後に、結婚しよう！」と決めたお正月に、彼女の家に一緒にいたら、英国の彼から電話がかかってきました。横で聞いていると、2人が泣きながら話をしています。

話が終わってから、「どうしたの？」と聞いたら、「彼の離婚が成立したの！『今まで7年間も待たせたから、お正月に日本に行くので、会ってじかに話して喜ばせよ

う と思っていたんだよ』と言っているの」ということでした。

彼の奥さんに〝非〟があって、離婚が成立したのが、我々が「結婚しよう」と決めた同じ11月とのことでした。「会って喜ぶ顔が見たい」と、彼は今まで我慢して、彼女に伝えなかったとのことでした。

私は「全て白紙に戻していいから、貴女《あなた》が決めなさい」と、彼女に委ねました。

彼女が出した結論は、「隆二さんと結婚します！」でした。

イギリス人の彼は、一代で資産を築いた事業家でした。

私は熱海から、着の身、着のままの裸一貫で、逃げてきた〝無一文の男〟です。

彼女は私を選びました。

その理由は、「彼は私のためには、財産を捨て切れなかった。貴方は純粋に私を愛してくれている」ということでした。

彼女は何不自由なく、裕福な家に育ったから、〝物〟ではなく、〝心〟を選択したのです。

裕福な家庭で育っていなければ、恐らく資産家の英国人実業家を選んだことでしょう！

〞人間、本来無一物〟といいますが、私の人生は〞真の裸一貫〟からのスタートでした。

3年前の11月に、みぞれが降る晩秋の長野県からサンダルをつっかけて、一晩中走り続けて東京へ逃げてきた、本当に〞無一文の男〟でした。

私たちは1972年（昭和47年）9月6日に結婚しました。

結婚後、1年経った頃に、妻のご両親から中目黒の有名なステーキ・レストランでご馳走になりました。美味しいステーキを食べ終わってから、「これから2年間ほど、禅寺に入って雲水《うんすい》として修行したい」と、真面目な顔でご両親に話しました。

義父は、「2年後にどのようになって、帰ってくるんだ」と、聞いてきました。私が「〞無〟になって、帰ってきます」と答えたら、「大事な娘を嫁にやったんだから、2年間、娘が働かなくても食べていけるだけのお金を貯めてから行きなさい！」と、強く叱られました。

妻の八寿子は「貴方が大きな人間になって、帰ってくるのだったらいいよ」と、出家を納得していたのに、義父の猛反対で2年間の生活費を貯めてから出家することにしました。

八丈島で新婚旅行を楽しむ八寿子（左）と私

野澤家のご両親と長男ご一家と（目黒の野澤家の庭で）　中央が私と八寿子

TEC社ではお金を貯めることは無理なので、外資系の「タイム・ライフES」に転職しました。最初の仕事は〝英会話プログラム〟を企業人に販売することでした。TEC社での経験もあったので、面接の時に「会社が儲けたら、私も儲ける。私が儲けたら、会社も儲ける」という、完全フル・コミッションでの給与を提案して入社しました。

入社後の「2週間の研修手当て」も、私の口座に一旦振り込まれたのを返却しました。「売れなければ、収入ゼロ」の状態でスタートしました。まさに背水の陣です。

こうして本気になって、必死に取り組んだ結果、いい成績をドンドン上げていきました。

「タイム・ライフES」には〝マン・オブ・ザ・イヤー〟といって、1年間の成績が1番だった営業マンを表彰する制度がありました。私は100名の営業マンの中で、常にトップ3を争っており、何度か〝マン・オブ・ザ・イヤー〟も獲得しました。

「タイム・ライフES」の中で〝岡村さんの営業を研究する会〟ができて、何度か勉強会をやりました。「九州弁も混ざっていて、英語が上手なわけでもない」「セールス・トークが〝立て板に水〟のように喋れるわけでもない」、なのに「何故、あんなに売れるんだろう?」ということから、結論は「For youという姿勢と、商品に対する情熱と、岡村さんの人間性だ!」ということになりました。

死にもの狂いで働いた結果、1年経って、ある程度のお金が貯まりました。しかし、その時点では「山にこもって出家するよりも、この現実の社会で、苦悩しながら生活する方が、よっぽど修行になる」ということを学んだので、「出家しなくても修行はできる」と思い、東久留米市にある「一九会道場」に通いました。

「一九会道場」は、山岡鉄舟の命日である一九日から命名した座禅と禊《みそぎ》の道場です。仕事を持った在家の方々が修行に来ます。恐らく在家の方の修行道場としては、日本一厳しい道場です。私は座禅に通いました。

月1回、金曜日の夜に入り、土曜日は早朝4時から夜11時まで座禅をします。日曜日は、早朝4時から夜8時まで座禅です。埼玉県の野火止《のびどめ》の平林寺から、老師が来られて指導してくれます。私は『無字の公案』をいただき、必死に座りました。

出家することをやめましたので、娘も生まれ、貯めたお金を頭金にして、小田急線の柿生《かきお》にマンションを買いました。

私が入社して3年経った頃に、「タイム社」のアジア総支配人だった北岡靖男氏が、タイム社を辞めて「国際コミュニケーションズ（ICI）」という新しい会社を創設することになりました。10人ほどの会社でしたが、編集・財務・秘書など、「タイム社」で一番仕事ができる人が集まりました。それぞれの分野のプロが集まった会社でした。

私も〝企業担当の営業責任者〟として声をかけていただきました。「タイム・ライフES」で必死にやった結果が、新しい人生の踏み台になりました。

（〝一生懸命〟ではなくて、本来の文字通り〝一所懸命〟にやった結果でした）

「国際コミュニケーションズ」では、私が営業から帰ってきて、営業処理の仕事が一段落する夕方の6時頃、編集長の三枝さん（後の早稲田大学教授　三枝幸夫先生）がビールを持って隣に座り、「今日、何かあった?」と聞いてきます。

「A社でこういう質問をされましたよ!」と答えると、それに対して北岡社長や財務の小池部長も加わって、侃々諤々《かんかんがくがく》、延々と夜中の11時頃まで議論になります。

これが毎日続きました。翌朝、三枝編集長が「昨日の話をまとめるとこうなるよ！」と、原稿用紙に書いて持ってきてくれました。これが〝三枝理論〟として、私の中に染み込みました。

毎晩毎晩、３名のプロから〝個人教授のレッスン〟を受けたような毎日でした。感謝しています。

この〝夜中の自由討論〟から、〈ＴＯＥＩＣテスト〉が生まれました。

当時は、英語力を評価するテストは〈文部省の英検〉だけでした。

ある日の〝夜中の自由討論〟で、「『企業が求めている〈社員の英語力評価〉に、知識の英語力だけを測定する〈英検〉がそぐわない』と、多くの人事・研修部の担当者が感じている」と、私が問題提起をしました。

これが引き金となって侃々諤々の議論となり、それは深夜まで続きました。その結果、北岡社長が「ＴＯＩＦＬを作っているＥＴＳに人脈があるから、すぐ話をしに行く」と、羽田を発ちました。それから4年後の１９７９年（昭和54年）に、〈ＴＯＥＩＣ〉ができました。〝夜中の自由討論〟の産物です。

その後、「国際コミュニケーションズ」が、経営方針を大きく変えましたので、私は１９７７年（昭和52年）９月に退社しました。翌年の１９７８年（昭和53年）３月に「(株）海外放送センター」［略称ＯＢＣ（Overseas Broadcasting Center）］を創業して、代表取締役に就任しました。34歳の時でした。

⑵ 海外放送センターの設立とオーナー社長としての経営

会社を創業した34歳の時に描いた「人生の設計図」の原点が、本書12頁で取り上げたヒンズー教の『人生の四季』でした。

私の人生に、この『人生の四季』を当てはめて、「人生の設計図」をその時に創りました。（次頁参照）

１９７７年（昭和52年）10月から、新会社設立の準備を開始しました。

先ず、米国に現地法人がある日本企業のマネージャーたちに、「米国に長期出張や、赴任する日本人ビジネスマンにとって、最も必要な〝英語力〟とはどのような能力であるか？」の聞き取り調査をしました。

その結果、「米国に赴任する前の、日本にいる間に〝英語放送が理解できて、英字新聞が読めるように〟なっていれば、渡米後の日常生活がスムーズにいく」という指摘が、多数ありました。

そこでアメリカ大使館に出向いて、「VOA（Voice of America／＊非米国人向けに、語彙とスピードを制限した国際ニュース英語放送）を録音し、それを教材にして、日本のビジネスマンの英語力向上に使いたいがいいですか？」と、私のつたない英語で了解を取りに行きました。

日米貿易摩擦の繊維問題があった3～4年後でしたので、大使館の担当者は「日本のビジネスマンの英語力が向上することは、日米双方にとっても非常に良いことだ！」と、すぐに了解してくれました。

それから自宅のマンションのベランダに、竹で作ったアンテナ線を張り、SONYの短波専用ラジオの「スカイセンサー」を2万8500円で購入して、毎日毎日、午前7時と9時のVOA放送を録音しました。

ニュースの内容が良い日は、ザアーザアーとノイズや、フェーディングが入って使えなかったり、フェーディング

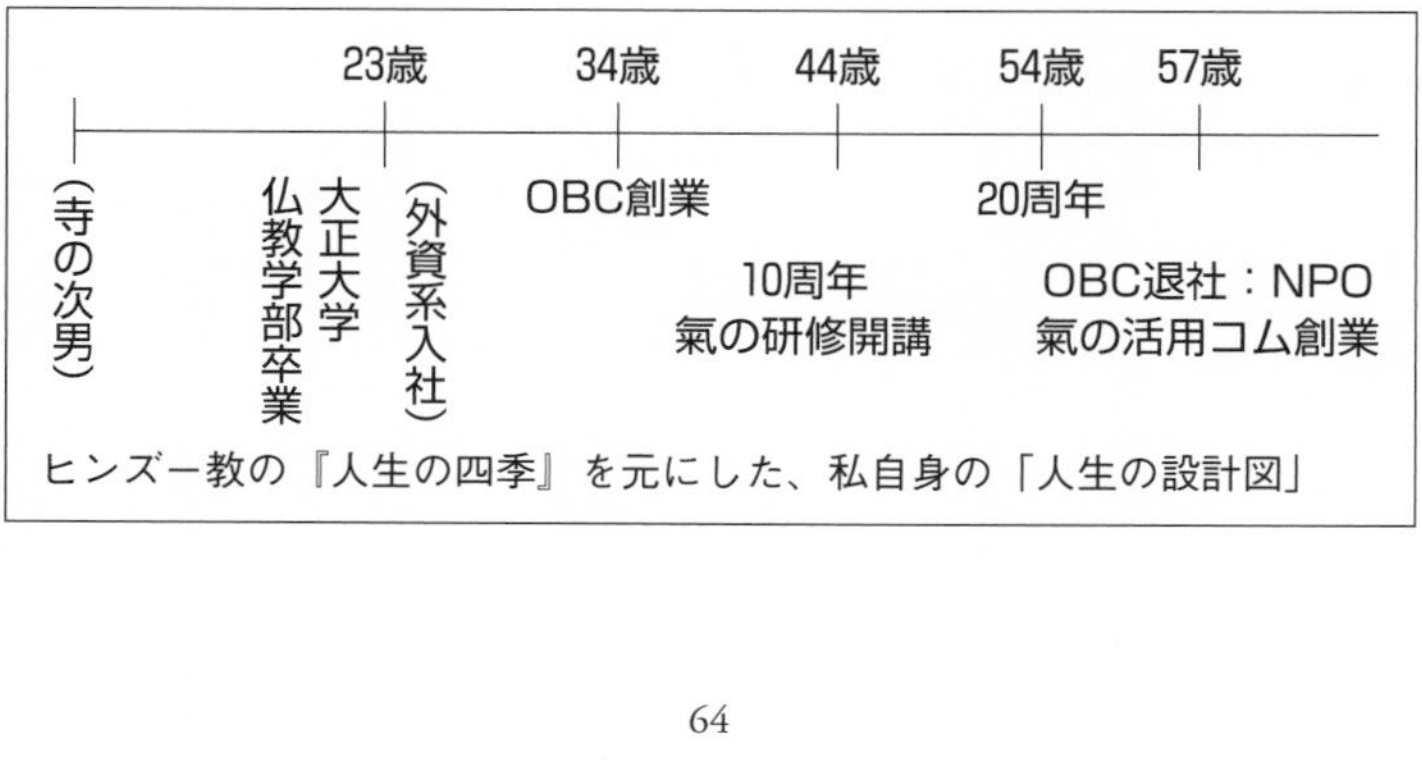

ヒンズー教の『人生の四季』を元にした、私自身の「人生の設計図」

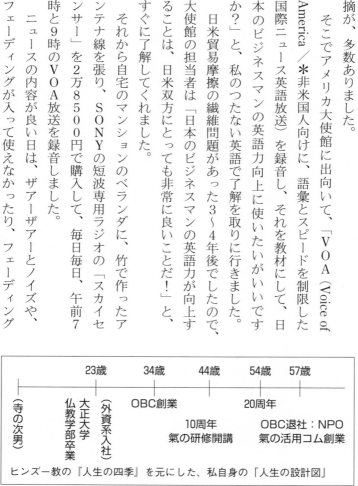

がなくて綺麗に録音された日は、ニュースの内容がつまらなかったりと、短波放送の気まぐれな電波との格闘の毎日でした。

録音状態と内容の良いニュースを選んで、妻が必死に速記して、ニュースの台本（スクリプト）と設問を作ります。聴き取れない固有名詞は、該当する国の大使館に電話して、スペリングを確認しながら台本を作っていきました。

また、「ニュースが聴き取れれば、英字新聞が読みやすくなるし、英字新聞が読めれば、ニュースが聴き取りやすくなる」という、英語放送と英字新聞の相関関係を活用するために、ニュースに関係する英字新聞記事を探して切り抜いて、教材を作りました。（新聞社から、記事の使用許可はもらいました）

受講生が「レンタルのVOA Newsテープ」を聴き、設問に答えてレポートを提出します。台本が手元にないので、何度も何度もテープを聴いて設問に答えます。そのレポートを外国人講師が添削して、ニュースの台本をつけて返送します。

愛用していたSONYのスカイセンサー

英会話，テープを買うのはもうやめよう!!

海外放送（VOA．BBC．Radio Australia等）

により、ナマの英語を無限に浴びよう！

毎日30分聴くことにより、結果として１年間にC－60テープ 180本を聴き終えたことになる。高価なテープ教材を購入する必要は全くない。

株式会社 海外放送センター
(03) 379－0897 〒151
「海外放送センター」設立時のパンフレット

受講生は添削されて返ってきた台本を見ながら再度テープを聴いて、「聴き取れなかった原因が何だったのか」を追求し、真剣に復習します。その結果、レポートの回数を重ねるにしたがって、螺旋《らせん》状に段々とニュースに引っ掛かりができてきて、聴き取れるようになります。

当時はブリタニカなどが数十万円もする英会話テープ教材を販売していましたので、私は『英会話、テープを買うのはもうやめよう！』というキャッチ・フレーズで攻める戦略を立てました。つまり、「ナマの英語放送が聴き取れるようになりさえすれば、無料かつ無限の電波を利用して、ナマの英語を浴びることができる」という考え方でした。

このプログラムの狙いは、〈現在の自分の英語レベル〉と〈実際の英語放送のレベル〉との『橋渡し』をして、〃ナマの英語を聴き取れるコツ〃を習得させるものでした。

★「ナマの英語を大量に浴びる」という発想は、石川遼のスピード・ラーニングの原点になったのではないか！　と、勝手に思っています。

面白い話がありました。日本鋼管（株）で、課長職の研修として採用された時に、人事部の担当者が「テープに雑音が多すぎるね」と言ったので、私はすかさず「実際の短波放送が、ザアーザアーとノイズが入って聴こえてくるのだから、そのまま〝ナマのまま〟で聴き取れることが重要なのですよ」、「綺麗な発音のテープを数百本聴いて勉強したが、実際の現場での会話がほとんど聴き取れなかったという話は、まさに勉強用に作られたテープだったからですよ」、「〝テープを学ぶ〟のではなくて、〝テープで学ぶ〟のですよ」などと話して、納得させていました。（笑い）

「MAINICHI WEEKLY」（1991年〈平成3年〉11月30日）には「リアルライフの英語に急接近」「英語放送と英字新聞の2本立て」の見出しで掲載されました。

Speakingに関しては、「テキストのイラストを描写させて、自分の言葉でクリエイティブに発話する訓練」を取り入れました。受講生が、イラストを描写したレポートを提出すると、担当の外国人講師が、「通じるけど、この方がより英語らしい表現だよ」という観点から添削してお返しします。

受講生は添削されたレポートを復習した後に、担当した外国人講師へじかに電話をかけて、実際の会話をします。講師は4ヶ月間、同一の外国人講師が担当して、各受講生の「個人カルテ」に〝弱点と良い点〟などを記入しながら指導します。

電話会話による直接指導の方法は、TEC社に勤務していた時に、「アメリカ人の女性講師と電話で話してデートの約束をし、無事にデートができたこと」で、英語力に自信がついた自分の体験がヒントになりました。また、「失語症の治療を、電話で行っているケース」を、朝日新聞の記事で目にしたのもヒントになりました。

MAINICHI WEEKLY
Try It Yourself in English TIY
リアルライフの英語に急接近
研修採用一流企業250社で高い実績
世界情勢から英語を学ぶ
VOAの用語は僅か2000語、しかも正確でスロー
国際化新時代
TIY時事英語シリーズ
英語放送と英字新聞の2本立て
海外放送センター
0120−363−166

「MAINICHI WEEKLY」（1991年11月30日）の記事

「知識はあるが、言葉が出てこない」という失語症の治療と、日本人の英語にみられる「知識はあるが、言葉が出てこない」という現象は、全く同じだと判断して、〝同一講師との Man-To-Man 方式の電話会話による直接指導〟の『TIYメソッド』ができました。

〝TIY〟とは、Try It Yourself in English の略称です。この『TIYメソッド』の概要は、次頁の図（1）、図（2）の通りです。

こうして、『業務多忙な日本のビジネスマンが、時間を拘束されずに

DEMAND BOOSTS VARIETY, CUTS COSTS

English study takes new approach

Everybody knows that exposing oneself to an English speaking environment is the best way to learn the language. However, it is unrealistic for most people in this work-oriented country to take a vacation long enough to improve their English skills.

To meet a growing demand from those who want to learn English in a time-saving and cost-effective way, a variety of English correspondence courses are being offered here.

"The number of English correspondence courses has increased rapidly in the past 10 years," says Toshio Kobayashi, assistant manager of ALK Press Inc. "In the past, people simply wanted to learn how to speak English. These days, they have definite purposes for studying English, such as promotion at work and taking English examinations."

The company started providing an English correspondence courses 13 years ago in response to demands from readers of its monthly magazine "English Journal". Now it provides 18 courses, including "Hearing Marathon Course", "TOEIC Marathon Course", and "TIME Marathon Course".

A JAPANESE MAN tries to communicate in English on the phone with a native English teacher of the Overseas Broadcasting Center Co.

teachers more smooth, the company started using computer networks in its "TIME Marathon Course" and "Online Honyaku Marathon Course".

Kobayashi wonders, however, why the average Japanese

lish correspondence courses for their in-house training programs, believing they help their employees become proficient in English, said Tomoki Matsumura, manager of the English Educational Foundation of Japan.

ny employee's English skills are equivalent of those of junior high school graduates, which are totally inadequate to conduct business overseas.

The foundation provides 46 English correspondence courses and about 3,500 businesses use them.

an affiliate of the Labor Ministry, applicants for the system must be company employees aged 40 or older.

The organization gives subsidies to those who completes an English correspondence course which leads to qualifications for the third or better level qualification of the Test in Practical English Proficiency.

"Proficiency in English is a basic requirement for employment or promotion. More and more employers take (English) skills into consideration," Matsumura says.

He adds that more than 50 percent of those who join correspondence courses give up completing their studies halfway through the course.

The recession has prompted most businesses to cut spending on in-house training programs, which is one of the major reasons why businesses have come to use more English correspondence courses, says Ryuji Okamura, president of Overseas Broadcasting Center Co.

"Before the recession, businesses used English-language schools which dispatch native speakers for in-house English training. But now, they spend most of such budget on those who are assigned to work overseas," he says. "Most

電話でのレッスンが紹介された「THE JAPAN TIMES」（1995年4月14日）の記事

学習システム 「聴くこと」「喋ること」「それを実際に運用してみること」の三訓練を同時に行う。

英語放送を聴けるようにする
Listening Practice

テキストの「VOA単語リスト」と発音テープによりニュースの使用語彙を習得

↓

「VOA News」のテープを聴き、解答を送付（国際ニュース24日分）

↓

担当の外国人講師が添削し、ニュースの台本をつけて返送(合計12レッスン)

↓

自前の英語を使いまくる
Speaking Practice

テキストに整理された「基本文型 260」で中学英語及び会話表現の総復習

↓

基本文型を応用し、イラスト描写・対話作成で創造的に英語を表現し、送付

↓

担当の外国人講師が添削指導し、コメントをつけて返送（合計12レッスン）

↓

実際の会話体験
Actual Communication

担当の外国人講師に電話をかけ、実際の会話を通して既に自習したレッスンの応用訓練

電話会話でのまちがいをチェックし、コメントとアドバイスを送付(**期間中、同一講師が指導**)

図（1）【学習システム】

TIY学習スケジュール 期間：４ヵ月

（S／PはSpeaking Practice の略）

	1 カ 月				2 カ 月				3 カ 月				4 カ 月			
	第1週	第2週	第3週	第4週	第1週	第2週	第3週	第4週	第1週	第2週	第3週	第4週	第1週	第2週	第3週	第4週
練習内容	「VOA Vocabulary」「基本文型 260」単元Ⅰ VOA News № 1. 2 S／P Lesson 1～2				単元Ⅱ VOA News №3,4 S／P Lesson 3～4		単元Ⅲ VOA News №5,6 S／P Lesson 5～6		単元Ⅳ VOA News №7,8 S／P Lesson 7～8		単元Ⅴ・ VOA New №9,10 S／PLesson 9～10		単元Ⅵ VOANew №11,12 S／PLesson 11～12		発展活動に入る	
指導内容				第一回 レポート提出	第一回 コミュニケーションテレフォン	第二回 レポート提出	第二回 コミュニケーションテレフォン	第三回 レポート提出	第三回 コミュニケーションテレフォン	第四回 レポート提出	第四回 コミュニケーションテレフォン	第五回 レポート提出	第五回 コミュニケーションテレフォン	第六回 レポート提出	第六回 コミュニケーションテレフォン	（コメント、アドバイス）

OBC 株式会社 海外放送センター
〒160 東京都新宿区西新宿 7 －21 －21 西新宿成和ビル 3 F 電話 03 －363 －8611

01010-8910-10000

図（2）【学習スケジュール】

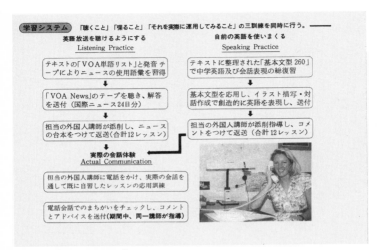

英語力をつけられる』という４ヶ月間の通信講座の教材やプログラムが完成し、１９７８年３月10日に「(株) 海外放送センター」を設立しました。

最初はテストケースとして30名ほどの方に受講していただきました。アンケートでの評価も非常に好評でしたので、この通信教育プログラムを、『〃ＴＩＹ〃非集合研修(集合研修に対して、私が考えた造語)』として、本格的に企業への営業を開始しました。

「日本の全企業に導入してもらうための戦略」として、先ず全業種の上位５社（大手５社）を攻め落とすことに目標を設定しました。そのために、真っ先に対象としたのが当時の日本一の大企業である新日本製鉄株式会社でした。

新日鉄の部長にアポイントを取り、勇み込んで出かけました。大手町の27階建ての真っ黒いビルの正面に立った時に、「よし！ 絶対に落としてやるぞ！」と意気込んで入って行ったことを43年経った今でも、鮮明に覚えています。

応接室で、人事・研修担当部長を待つ間、気持ちを〃臍下《せいか》の一点〃に集中させて、静かに呼吸法をしながら、氣をしずめて待ちました。プレゼンテーションは大成功でした。１ヵ月後に新日鉄から「社員研修として採用します」との連絡を受けました。

新日鉄で先ず実績を作り、その実績を持って日本鋼管、川崎製鉄……と、攻略していきました。

建設関係では、竹中工務店、清水建設、鹿島建設、大成建設、大林組……と、落としていきました。竹中工務店では、「経営方針に基づいた〝海外要因育成研修〟」として採用されました。開講式では取締役東京支店長が、今後の海外展開の経営方針を語り、「それに基づいて〝TIY〟研修を実施する」と、力強く挨拶をされました。

私は話を聞きながら、まだ会社設立2年目でしたので、「会社が途中で潰れたらどうしよう！」という気持ちと、「ここで潰しては、これから続くベンチャー・ビジネスの芽を摘んでしまうことになる。絶対に潰せない！」という、強い使命感みたいなものを感じて、身が引き締まる思いでした。（当時はまだ、ベンチャー・ビジネスという言葉もありませんでした）

私は〝独自なマーケット戦略〟も考えました。

日本経済新聞の株式欄を黄色のマーカーで塗り潰《つぶ》しながら、富士通、松下電器、NEC（日本電気）、オムロン、日産、マツダ……、損保、食品、化学……と、次々に落としていきました。

人事部の担当者が「〝TIY〟の理論・理念」を理解していて、なおかつ受講者数も多い会社は、株式欄のマーカーが右端まで伸びていきます。受講者が多くても「〝TIY〟の理論・理念」をいまいち理解できていない会社や、逆に「理論・理念」は理解していても受講者数が少ない会社は、黄色のマーカーが途中で止まり、右端までは伸びません。

未実施の企業で、これから攻略する会社は青色のマーカーです。「受講者の数が多い」という営業の数字だけではなくて、それ以上に、『『〝TIY〟の理論・理念』を、担当者がどこまで理解してくれているか」に、こだわりました。これにより、株式欄を一目するだけで、企業や業種への〝TIY〟の浸透状況が一目瞭然でわかります。これは私が考えた「一人で、日本の全企業を攻め落とす戦略」です。

『〝TIY〟非集合研修』は、通信教育にもかかわらず、修了率が75～80パーセントという圧倒的な高さでした。修了者からのアンケートも、ほとんどの受講者が「大変満足!」の項目に印をつけていました。

かくして、『〝TIY〟英語研修』は大成功でした。「日本企業の国際化（グローバル化）」の大きな流れの波に乗り、『〝TIY〟英語研修』はドンドン伸びていき、大手企業約４５０社が社員研修として採用し、実施してくれました。

★日本経済新聞社刊行『知のノウハウシリーズ』（全20巻）の第12巻『営業力をつける』（１９９７年）の「事例研究Ⅰ」に、私のケースが取り上げられています。

★２００７年（平成19年）３月29日に、木曜洋画劇場「植木等さん追悼　特別企画」のテレビで、３月に亡くなった植木等さんの追悼映画『日本一のホラ吹き男』を観ました。

この映画は、「将来の自分を鮮明にイメージして、やりたいことを公言し、実行するという『究極のプラス思考』の映画」でした。映画の主人公と、私の体験が重なる部分が数多くありました。

（ちなみに、主人公の植木等さんもお寺の生まれです）

43年前の創業時に、新日本製鉄を攻略したことや、「一人で、日本の全企業を攻め落とす戦略」などと重なり、鮮明に思い出しました。

(3) 創立10周年の頃――『氣の研修』立ち上げ

1988年(昭和63年)に、「(株)海外放送センター」創立10周年記念パーティーを新宿京王プラザホテルで、大手企業約150社の人事・研修担当者を招いて盛大にやり終えました。

その頃から、会社が順調であればあるほど、「自分が本当にやりたかったことは、これだったのか? これでいいのか?」と、自問自答するようになりました。

その時、「生月町の法善寺での小僧時代や、小僧をしながら大正大学で仏教学を学んだ頃に、純粋に悩み苦しんだ〝心と身体に関すること〟が、一番やりたいことでは

「海外放送センター」創立10周年パーティーにて。中央が私
左にいるのが八寿子

ないのか！」と、気がつきました。

そこで、合気道を通して〝氣〟を研究している「(財)氣の研究会」と提携して、創立10周年記念事業として**「氣の研修」**を開講しました。

「氣の研修」は、合気道から〝投げ技〟を取り除いて、日本古来の〝氣〟や〝心身統一〟〝心身一如〟を研修として、パッケージ・プログラム化しました。

〈カリキュラムの例〉

PART 1「氣の存在とその力」を体験する

◎『氣』とは＝生命エネルギー
◎「心」と「身体」の性質・関係
◎氷山の一角……「身体の力」と「心の力」の活用
◎人間本来の生命力……「心身を統一した総合力」
◎「心身統一」の4つの方法

(1) 臍下《せいか》の一点に心をしずめ統一する（心の法則） 心のしずめ方、不動心／不動体

(2) 全身の力を完全に抜く（身体の法則） 真のリラックスの方法と、その状態

(3) 身体の総ての部分の重みをその最下部に置く（身体の法則） 真の落ち着き
(4) 氣を出す（心の法則） ヤル氣の出し方、光り輝く（オーラが出る）
※この法則は、「(財) 氣の研究会」の藤平光一会長（当時／心身統一合氣道十段）が、武道の合気道を通して創見されました。

PART 2 日常生活への応用 1

(1) 正しい姿勢――心身統一体による座り方・立ち方・歩き方
(2) 氣の全身呼吸法――氣で身体の中を洗う（免疫力や自然治癒力を高める）

PART 3 日常生活への応用 2

(1) プラス思考の生活
◎目標設定の重要性――目標を決めて氣を通す
◎成功したイメージをつくる――イメージの力（氣が先行する）
◎プラスの氣――プラスの言葉／プラスの考え方
◎現在意識と潜在意識――心の倉庫にプラスを蓄える
◎プラスの人生／マイナスの人生

⑵ 総合力の強さ――折れない身体（人間ブリッジ）

⑶ 佳氣に満ち満ちた家庭↓職場↓地域社会↓日本

1986年（昭和61年）に、町田市に150坪の土地を購入して、古い囲炉裏《いろり》、欅《けやき》の帯戸《おびど》、階段箪笥《たんす》などを内装に使い、太い柱と梁と漆喰壁で組み立てた古民家風の3階建ての研修所を建てました。バブルで地価が高騰する1年ほど前でした。研修所建設にはラッキーな出来事が5つほどありました。

特に、土地の購入の時は、不動産屋に最初に案内された土地の景色が気に入らず、諦めて近所を散策していたら、薬師池公園を借景にして、谷戸《やと》（谷状の地形）が広がった理想的な場所がありました。

妻と「ここは素晴らしいな！　ここが売りに出ないかな」などと話して帰った翌日に、同じ不動産屋から、「薬師池公園の近くに土地があるから、見に来ませんか？」と、電話がありました。

出かけて行ったら、なんと！　なんと！　昨日、妻と見て「ここが売りに出ないかな！」と話した土地でした。思わず絶句して、2人で顔を見合わせました。「志のある行動に対する〝天地の後押し〟」を強く実感し、天地に感謝しました。

「氣の研修」は、経団連の夏季セミナーで実施したのを皮切りに、日本ＩＢＭ、日立製作所、ＮＥＣ、新日鉄、旭化成、帝人など大手企業約２００社で、役員研修・部課長研修・一般社員研修・新入社員研修など９５０回実施し、３万人以上のビジネスマンが受講しました。

日本経済新聞（１９９８年〈平成10年〉８月27日）には**「企業戦士に〝気〟を伝授」**のタイトルで紹介されました。

＊ニューヨーク在住の義理の妹から「日経、見たわよ！」と、電話がありました。

スポーツ界では、プロ野球の福岡ダイ

「町田研修所」の外観と内部

ビジネス発見

海外放送センター

企業戦士に「気」を伝授

研修事業の海外放送センター（東京、岡村隆二社長、03・3363・8611）は企業やスポーツ選手向けに「気の研修」をしている。財団法人・気の研究会と組み、気の存在や気を練る訓練、日常生活への応用を講義する。これまでにキリンビールや農林中金など約百九十社、二万二千人が受講した。

気を練る訓練や日常生活への応用などを講義する

研修では気の研究会が派遣する講師が講義を担当する。理論的な話はもちろん、気を出すと普段では見られない力を発揮する姿などを実演する。料金は一回三時間で、二十人の場合二十五万円。企業側の受講者は経営者から中間管理職、新人まで様々だ。

「研修終了後のアンケートでは、プラス志向になったという答えが多い」と岡村社長。先行き不透明な時代だけに、ビジネスマンも精神を鍛え上げないと生き残れないということか。

「日本経済新聞」（1998年８月27日）の記事

エー・ホークス（現在のソフトバンク・ホークス）、旭化成の陸上競技部（マラソンチーム）、新日鉄や日石三菱の野球部、東レのバレーボール部、ジャパン・エナジーのバスケットボール部、東海大学や佛教大学の駅伝チーム、カバディ日本代表、大正大学のカヌー部と空手部などで実施し、大きな成果を上げてきました。

★旭化成陸上部では、１９９０年（平成２年）４月４日に「氣の研修」を実施し、3週間後の４月22日の「ロッテルダム・マラソン」で谷口浩美選手が初優勝しました。谷口選手は、１９９１年（平成３年）９月の「世界陸上男子マラソン」では、日本人初の金メダルを獲得しました。

１９９２年（平成４年）の「バルセロナ・オリンピック」では、森下広一選手が銀メダルを取りました。実は、谷口・森下両選手で金・銀を狙ったのですが、谷口選手は給水地点で踵を踏まれ転倒し靴が脱げ、残念ながら8位に終わりました。ゴール後の谷口選手の発言「こけちゃいました！」は、今でも語り継がれている言葉ですね。旭化成陸上部では、１９９３年（平成５年）４月25日にも２回目の「氣の研修」を実施しました。

★詳細は、「気の活用コム」で検索して、トップページの「H26・01・10新春お正月の駅伝と、〝氣の活用法〟について」をご覧ください。

★ソフトバンク・ホークスの王貞治氏の「一本足打法」を指導したのは、私の師匠でもある「（財）氣の研究会」の藤平光一会長（当時／心身統一合氣道十段）です。
１９６２年（昭和37年）に、巨人軍の荒川博コーチが王選手を道場に連れてきて、王選手の「右足に力を入れて、突っ込む癖」を克服するために、「〝臍下《せいか》の一点〟に重心を置く鍛錬」をやらせて、左足一本だけで立ってもびくともしなくなりました。

（講談社＋α文庫の藤平光一先生の著書『氣の威力』の１１７ページに、写真付きで記載されています）

谷口 有終「金」ロード

サラ2位、5位に篠原

男子マラソン

勝負どころ38キロ ゴールが呼んでる

中山 31キロ過ぎ棄権

「続けるため退いた」中山

バルセロナ見えるまで

谷口浩美選手の「世界陸上金メダル」を報じる「朝日新聞」(1991年9月2日)の記事

ダイエー"金メダル"は"気"で

中内オーナー大号令

秋季Cで勉強せよ!

実証済みの秘策を伝授

マラソンの谷口に続け!!

勝負弱さを克服 も期待大 田淵監督

中内オーナーの指令で、ダイエーは秋季キャンプで"気"の勉強だ

中内オーナーが「氣」で優勝を目指せと、福岡ダイエー・ホークス(田淵監督)にハッパをかけたことを伝える「サンケイスポーツ」(1991年11月1日)の記事

1991年7月の経団連の「東富士フォーラム」にて「氣の研修」を体験するソニーの盛田昭夫氏

同じくダイエーの中内㓛氏

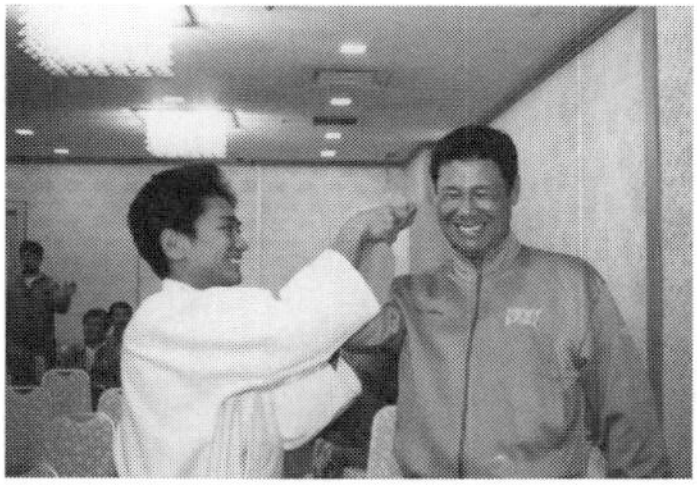

「氣の研修」を受講する福岡ダイエー・ホークスの田淵幸一監督

「氣の研修」を受講する旭化成陸上部の宗監督

（4）家族との別居

1978年（昭和53年）3月に、妻と二人で「(株）海外放送センター」を設立した時、一人娘の暁子は3歳でした。その暁子が、玉川学園の幼稚部・小学部・中学部と成長し、高等部1年生になった時、〝円形脱毛症〟になりました。「原因は心因性のものだ」ということになり、その原因は我々夫婦にありました。

会社創業以来、妻はプログラム開発を担当し、私は経営と営業を担当しました。規模は全く異なりますが、創業企業の場合は、ソニーの井深大氏と盛田昭夫氏の関係や、本田技研工業の本田宗一郎氏と藤沢武夫氏の関係にも見られるように、〝開発の立場〟と〝経営・営業の立場〟は全く別個の能力が求められます。

〝経営・営業の立場〟からすると「もっと良いプログラムが、納期内にどうして開発できないのか！」ということになり、〝開発の立場〟からすると「こんなに良いプログラムが、何故もっと売れないのか！」「英語に関しては素人である人事担当者の意見を、どうして聞き入れろというのか！」ということになります。

どの企業でも開発者と営業マンが侃々諤々《かんかんがくがく》の言い争いをしながら、より良い商品が出来上がり、会社は発展成長していきます。開発者と営業責任者が他人であれば、「これ以上、相手を責めては……」と、相手の立場を考慮して、ある程度のところで妥協します。ところが、開発者と営業責任者が夫婦だと〝トコトンやり合う〟ことになります。

〝開発のプロ〟と〝営業のプロ〟が喧嘩をしながらも、「取引先企業の求めているプログラム」をつくりましたので、他社の追随を許さない最高のプログラムができました。その結果、大手企業450社が採用してくれました。

しかし、その代償として、娘は3歳だった創業期の頃からずっと、仕事上の言い争いとはいえ、夫婦の喧嘩を見て育ってきたわけです。その精神的苦悩が、〝円形脱毛症〟として現れてきたのです。

私は、背広やワイシャツを車に積み込み、家を出て、町田研修所へと車を走らせました。運転中に「どうしてこうなったんだ！」「我々夫婦は2人とも一生懸命に働いてきたのに、何故こうなったんだ！」と、涙が溢れ出て、前が見えないほどでした。

それから、別居生活が始まり、娘が高校を卒業するまで3年間続きました。離婚の話になり、妻は親戚の弁護士に依頼し、私は会社の顧問弁護士に依頼して、離婚の手続きを開始しました。

しかし、私の弁護士は「何故2人が離婚する必要があるんだ。弁護士としては離婚が成立した方が、成功報酬をもらえて得をするが、サラリーマンならいざ知らず、会社の創業家として、2人で12年前に創業した会社も順調だし、離婚する意味が全くわからない！」と、強硬に反対しました。

娘は玉川学園高等部を卒業したら、ニュージーランドの大学に留学することが決まっていました。卒業の年のお正月を、会社が法人会員になっている東急リゾートの斑《まだら》尾《お》高原スキー場で、親子3人で過ごしました。

丁度バブルがはじけた時でした。中野孝次氏の著書『清貧の思想』（文藝春秋）がベストセラーになった頃でした。世の中全体が〝バブルの狂宴〟が終わったことを感じ始めていました。元日にスキー場で観たＮＨＫのテレビでも、質素な生活をされた「〝良寛和尚〟の物語」を取り上げていました。親子3人で良寛さんの番組を観た後で、私から娘に話しかけました。

「お父さんは3年間、1人で生活してきたから、暁子が海外に行っても耐えていけるけど、お母さんは暁子と一心同体みたいな生活を、18年間ずっとしてきたから、お母さんが耐えられるかどうかが心配だよ」

それから3人で、「過去」「現在」「未来」を、真剣に話し合いました。

その結果、我々夫婦が18年前に、「結婚をしよう」と決めた時に、お互いがお互いの中に見出していた〝輝くもの〟や〝純なもの〟が、まだ〝お互いに中に残っている〟ということを再確認できました。

つまり妻は、バブルの狂宴から目が覚めた私の中には、〝純なもの〟がまだ残っているのを感じとり、私も妻の中に〝元々から持っている純なもの〟を感じとりました。

こうして、暁子がニュージーランドに行った後に、「もう一度、夫婦2人でやり直そう！」という結論になりました。

暁子が旅立った4月から、夫婦2人だけの生活が始まりました。これ以来、お互いが〝相手の立場〟を優先しながら、思いやりのある仲の良い夫婦生活をずっと継続しています。

まさに「雨降って、地固まる」ですね。

熟年離婚が騒がれていますが、お互いが〝この人と、結婚しよう！〟と、決意した時の気持ちにもう一度立ち返り、相手の中に『当時、自分を決意させたモノ』を見出せて、少しでもそれが残っていたら、『自分を決意させたモノ』を大切にしていけば、それを契機にしてやり直すことができると思います。老後は夫婦仲がいいのが、一番の幸せです。

5年ほど前に、「料理が美味しかったら、私がお皿を洗う。美味しくなかったら、妻がお皿を洗う」という約束事を決めました。

最初は、不味かったら、そのままお皿を放ったらかしにしていました。徐々に妻はいろいろ工夫して、美味しい料理をつくるようになりました。最近では毎食、私がお皿を洗っています。

お皿洗いが習慣化してくると、今では食事が終わるとすぐに皿洗いを始めて、抵抗感が全くなくなりました。**『手のヒラに、乗せる努力と、乗る努力！』**の大切さを実感しているこの頃です。（笑い）

私が今、気にかかっていることは、最近増えている「できちゃった婚」です。子供ができたので仕方なく結婚した夫婦が、将来、円満な家庭や夫婦関係を築いていけるのだろうか？　ということです。また、「望まれなくて、生まれた子供」の将来が案じられます。

最近、「子供の自殺」や「子供が実の親を殺す」という、信じられないような事件が頻発しています。母親の愛情をタップリ注がれて育った子供は、事件を起こす前や、自殺する直前に〃こんなことをすれば、母が悲しむのではないか〃という想いから、踏みとどまることができます。

話は変わりますが、別居生活をしていた頃、同じマンションに非常に仲の良い老夫婦が住んでいました。その頃は、その老夫婦が羨《うらや》ましくてたまらなかったのですが、私も喜寿を迎えて、〃遊行期〃に入った現在では、「あの老夫婦には、喧嘩をするエネルギーがなかっただけだったのかな！」なんて思えるようになってきました。

娘が成人式を迎え、ニュージーランドから「父と母の子供であることに、誇りを持っています……」というＦＡＸをもらった時、全てのわだかまりが氷解しました。

そのＦＡＸは大事に保管しています。嬉しかったですよ！

閑話休題

1987年（昭和62年）頃から始まったバブル時代には、銀行から、

「金を貸すから、○○をやらないか？」

「金を貸すから、土地を買わないか？」

などの攻勢は凄まじいものでした。

私は会社の資金を使っての投資は一切やりませんでしたが、自分の個人の資産運用として、投資用マンションを新宿・池袋・駒込・博多に買いました。
＊博多は母の実家があり、育った町でしたので、母のために買いました。母は80歳で亡くなる前に、3年ほど1人で住み、自由で気楽な都会での独身生活をエンジョイしていました。苦労かけた母親に、親孝行ができたと思っています。

バブル崩壊後に、全て損切りで処分しました。

バブルの崩壊で多くの経営者が躓《つまず》く中で、私は個人の範囲で投資しましたので、大怪我をせずにすみました。

サラリーマンの場合は、毎月の収入が決まっていて固定されていますが、オー

ナー経営者の場合は「資金はどうにかなる」「節税しないのは馬鹿だ」などという風潮に流されてしまいました。

バブルに乗って投資し、結局は損切りで処分するという「バブルのゲームに参加して、ゲームは終わった（Game is over）」ということを体験し、バブルの怖さを実感しました。「自力で立ち直れる程度」の怪我でしたので、本当にいい勉強だったと思っています。

その後は、〝投機的なモノ〟から完全に身を引きました。

妻からは、「あの頃は不動産屋さんみたいなギラギラした顔をしていた」と、笑われました。

確かに、当時の写真を見ると、妻のいう通りの顔をしています。

『人生の四季』の〝家住期〟には、プラスにしろ、マイナスにしろ、この「燃え盛るエネルギーが必要だ！」と、いろいろな面で感じています。（笑い）

(5) 会社売却

1998年(平成10年)に、創立20周年パーティーを、新宿のセンチュリー・ハイアットホテルで200名の大手企業の人事・研修担当者を招いてやり終えた頃、新たな想いが頭を占めるようになりました。

それは、そろそろ本業の「国際化研修」を次の世代の人に任せて、私は本来、最もやりたかった「氣の研修」事業を、NPO法人として独立させて、『氣の活用研修』に専念しようという構想です。

2000年(平成12年)の年頭から、「海外放送センターを売却する戦略」を練り始めました。幸い、妻と私で全株式を保有していたので、M&Aの専門会社に依頼して作戦を練りました。

「(株)海外放送センター」の強みは、

(1) 取引先が大手企業450社で、安定していること。

（2）『〝TIY〟非集合研修』という他社が真似のできないユニークな研修システムがあること。
（3）無借金経営で、借入金がゼロであり、負債もないこと。
（4）社員が少数精鋭で、企業研修の営業や、プログラム制作に精通していること。
（5）顧客が個人ではなく企業で、形態が学校などの集合教育ではなく、通信教育であること。

この他に、日頃から「管理される人がいなければ、管理職は必要ないんだ！」という理念で、社員の自発的な活動を促したり、「より強くて効率のいい会社」にするために、女性社員を正社員から契約社員に切り替えて、社内の整理に着手しました。

両社が補完し合える関係になる企業を3社に絞り、M&Aの交渉を開始しました。

先ず、大阪に本社のあるN社にアプローチをしました。

２０００年（平成12年）9月に、M&A会社の担当者と大阪本社に乗り込み、N社の役員たちに、会社買収のメリットや補完関係のプレゼンテーションをしました。

「自分で創業した会社を、自分で売る」という、一世一代の完璧な大プレゼンテーションでした。売却の希望金額も伝えて帰ってきました。

相手は非常にいい感触で話に乗ってきました。1週間後から、N社が依頼した公認会計士が「(株) 海外放送センター」に日参して、経理帳簿や資産と負債のチェック作業を始めました。社員たちには、「税務署の会計監査が入っているんだ」と説明して、納得してもらいました。

公認会計士のチェックの結果、こちらが伝えた通り負債ゼロで無借金であることや、資産の数字に誤魔化しがないということで、相手に信用してもらい、監査は順調に進みました。1ヶ月後の10月に、2回目の交渉のために再度、M&Aの担当者と大阪本社に出向きました。N社も、買収のメリットは十分に評価していました。問題は価格だけでした。

私の売却希望価格と、相手の購入価格には、数千万円の差がありました。お互いに歩み寄りましたが、数千万円の差が埋められません。

「もし私が提示した金額で無理であれば、他社に話を持って行きますので、10月31日までに、YES/NOのお返事をください」

そう言って、別れました。ただ、私の中には「相手は絶対に譲歩してくる」という確信がありました。大阪本社を出て、心斎橋を渡っている時に、橋の真ん中から大きな夕陽が見えました。私は思わず「しばらく夕陽を眺めていたいから！」と、心斎橋の真ん中にたたずみ、沈んでいく夕陽を無心になって眺めていました。本当に綺麗な夕日でした。その時、私は「交渉成立」を確信しました。

2日後に相手から、「差が埋まらない数千万円分については、5年間の分割で支払いたいがどうですか？」という連絡が入りました。私も了解して、契約が無事に成立しました。

「1円高くても、1円安くても、不成立になっただろう！」という、本当にギリギリの交渉でした。私の最大の武器である「交渉力」が、〝自分の会社を売却する〟という人生最後の大一番で発揮された瞬間でした。

こうして2001年（平成13年）3月31日に、自ら創業し、23年間オーナー社長として経営してきた「(株) 海外放送センター」を譲渡しました。この日に「効率最優先の〝合理の世界〟」から、完全に足を洗い、「ボランティアの〝非合理の世界〟」へと、百八十度方向転換する〝新しい生き方〟がスタートしました。

★「(株) 海外放送センター」は、社名を「(株) グローヴァ」に変更して、現在もA

I自動翻訳の「(株) ロゼッタ」(東京証券取引所 マザーズ上場) の傘下で、「大手企業約1000社の語学研修」を実施しています。

(6)「合理の世界」から「非合理の世界」への旅立ち

自分の気持ちを完全に切り替えるために、海外へ旅立ちました。

先ず、2001年 (平成13年) 5月10日から19日までの10日間、学生時代に小僧で過ごした伝通院主催の海外団体参詣で、「中国祖跡の旅」に参加し、上海・太原・西安・洛陽に行きました。

上海から夜行寝台列車で太原に行き、玄中寺で「伝通院 第七十三世貫主 大河内隆弘上人」の27回忌法要をしました。

西安では、浄土宗を開宗された法然上人が、〝阿弥陀様の化身であられる〟と崇められた浄土宗の高祖・光明善導大師の香積寺にお参りしました。また西安では兵馬俑や、楊貴妃の華清池、大雁塔などを見学しました。

敦煌では、中国三大石窟の一つである莫高窟を見て、嵩山の少林武術を見学して帰国しました。

いずれも〝中国五千年の歴史〟を感じさせられるものばかりでした。

中でも私が最も感銘を受けたのは、生まれ育った長崎県大島村の西福寺で、小学3年生の時から、朝の勤行で必ず回向していた善導大師の香積寺にお参りできたことでした。善導大師とのご縁に感動して、お参りしながら身の毛が立ち、身震いがするのを実感しました。


次に、5月31日から6月16日までの17日間、サンフランシスコ、ラスベガス、バンクーバー、エドモントン、ジャスパー、レイク・ルイーズ、バンフ、シアトルと、カナディアン・ロッキー山脈を一人旅で縦断してきました。

ラスベガスからバンクーバー空港に着いた時、10日前までの中国団体旅行の習慣が抜け切れていなくて、ホテル行きのシャトルバスの中に、スーツケースを置いたままバスを降りてしまいました。団体旅行では、ご存知の通り、添乗員がスーツケースを部屋まで運んでくれていましたので、そのクセが身についてしまったようでした。

フロントでチェックインの時に気がつき、すぐに手配してもらったら、次の巡回バスで無事に手元に戻りました。もしも戻ってこなかったら、この時点で、17日間の旅は「THE　END」でした。ホッと胸を撫でおろした記憶が、今でも鮮明に残っています。良き時代でしたね。

バンクーバーのホテルのフロントで、「カナディアン・ロッキー一人旅」のプランを作りました。

エドモントンからジャスパーに向かって、真っ平らな道を高速バスで3時間ほど走った時に、突然、壁のようなロッキーの岩山が目の前に姿を現した時は感動しました。ジャスパーから氷河ハイウェイで、アサバスカ滝を通って、コロンビア氷原を雪上車で巡回しました。ペイトー湖の水の青さも感動的でした。氷河が砕いた非常に細かな石粉が水に溶け込んでいて、光の青と緑のスペクトルを微妙に反射するためのようです。

レイク・ルイーズでは、最高級ホテル「シャトー・レイク・ルイーズ」に泊まり、

カナディアン・ロッキーの山と湖

早朝6時半から、湖畔を散策しました。レイク・ルイーズの深い緑色の湖の向こうに、標高3464メートルのビクトリア山が、山頂に青みがかった宝石のように輝く氷河をいだいて、そそり立っていました。レイク・ルイーズの水面が鏡のように滑らかなので、湖面に映った山々が水面を境にして、完璧な相似形を作っていました。まさに感動的でした。

最後は、バンフからバンクーバーまでの〝豪華展望列車の旅〟でした。多くのトンネルを通過しながら、トンプソン川に沿って走ります。途中のカムループスで1泊します。カムループスは、北トンプソン川と南トンプソン川の合流地点で、毎晩「ジョイント・リバー・コンサート」が開催されています。地元料理と地方色豊かな催し物が見ものでした。

レイク・ルイーズの貴婦人のような美しさと、ロッキーの氷河を見ながらの「氣の全身呼吸法」と、バンフからバンクーバーまでの、渓流に沿って走る〝豪華展望列車の旅〟は最高でした。もう一度、機会をつくって、妻と一緒に是非行きたいと思いました。

次は、8月21日から9月3日までの14日間、妻と2人でロンドン、パリ、インターラーケン、ユングフラウヨッホ、グリンデンワルト、ツェルマット、ローザンヌ、ジュネーブと、アルプス山脈を堪能してきました。

妻は15年前に、「(株)海外放送センター」の役員を辞めて、その時の退職金でロンドンにフラットを買いましたので、我々夫婦は夏休みを毎年ロンドンで過ごしていました。ロンドンのスイス観光案内所でパンフレットをもらい、2人で「スイス・アルプスの旅」を企画して、ロンドンのウォータールー駅から国際列車のユーロスターで、パリを経由してジュネーブに入りました。

ケーブルカーでミューレンまで登り、山頂から見たアイガー・ユングフラウ・メンヒの3山の大パノラマは最高でした(表紙の写真)。

スイス・アルプスの山と湖

妻は絵の道具を持ち出して、スケッチを始めました。ケーブルカーを乗り継いでの、グリンデンワルトまでの景色も最高でした。

グリンデンワルトからフィルストに登り、山頂でスイス国旗をバックに写真を撮りました。見事な出来映えでした。

山頂での『氣の全身呼吸法』も最高でした。無心に全身呼吸法をして、目を開けたらリスが10匹ほど私の周りに集まってきていました。

（最高！ と何度も書きましたが、最高としか表現できないほど、全てが最高でした）

最後は、12月9日から12月24日までの16日間、友人の麻井さん、荒山さんと私の3人で、ヒマラヤ山脈をトレッキングしてきました。

我々3人に対して、4名のポーター、4名のキッチン担当、1名のガイド、1名のシェルパの合計10名が付き、テントで生活しながら8000メートルの高峰が屹立する姿を見ながら、「アンナプルナ・ダウラギリ山群」を歩いてきました。

行程は、カトマンズ、ポカラ、ダンパス、ランドルン、タダパニ、ゴレパニ、プーンヒル、タトパニ、ガサ、ラルジュン、ジョムソン、ポカラ、カトマンズです。

トレッキング中は、毎朝6時30分にネパール茶（チャイ）で目を覚まし、7時に朝食、8時に出発で歩き始めて、午後3時〜4時頃に、その日の目的地に着きテントを3つ張ります。星空があまりにも美しいので、私はいつもテントから顔だけを出して『氣の全身呼吸法』をしながら寝ていました。

歩き始めて4日目に「トレッキング・ハイ」の状態を体験しました。『無心になって、我を捨て去り、天地一体となって歩き続けている自分』に、成り切ることができました。

『我が天地か、天地が我か』の〝天地一体の至妙境〟を体感しました。

早朝5時に登ったプーンヒルでの朝陽や、ロバ隊がつり橋を渡る光景や、広大な河川敷を長い隊列で歩く行軍も見事でした。真に心身ともに浄化されました。

アンナプルナの山々を背景に（上）。
ロバ隊の行軍（下）

ロッキー山脈・アルプス山脈・ヒマラヤ山脈と、世界の山脈を1年間で歩いてきたことになります。それぞれの表情の違いが比較できて、素晴らしい想い出となりました。この旅で、心身ともに効率最優先の〝合理の世界〟から離脱することができ、〝非合理の世界〟へと、価値観を完全に切り替えることができました。

★2007年（平成19年）8月24日から9月8日まで、ニューヨーク、ボストン、カルガリー、バンクーバー、ハワイと、「妻と2人で、16日間の旅」をしました。

カナディアン・ロッキーでは、バンフからバンクーバーまでの〝豪華展望列車の旅〟を実現し、6年前の「次回は妻と一緒に行きたい」という夢が叶いました。

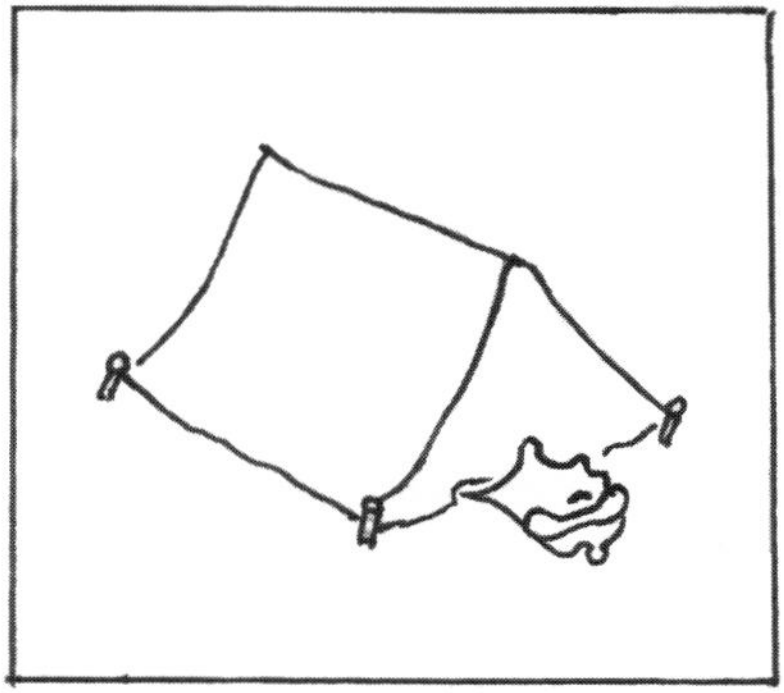
テントから顔だけ出して「氣の全身呼吸法」

Ⅲ　林住期（それまでの収穫を楽しむ実りの秋）――実行の時代ＰＡＲＴ２――

（１）ＮＰＯ法人「氣の活用コム」の設立

２００１年（平成13年）３月31日に、23年間オーナー社長として経営してきた「（株）海外放送センター」を譲渡して、５月に「ＮＰＯ法人　氣の活用コム」の設立申請書を東京都に提出しました。

２ヶ月間の周知期間を経て、７月中旬には正式認証される予定で準備をしていました。ところが、〝氣の活用〟という「形が目に見えないもの」であるために、宗教法人との関連や、中国の法輪功との違いなどの説明を求められました。

「〝氣の活用〟は武道の合気道から、投げ技を取り除いて、日本古来の〝氣〟や〝心身統一〟や〝心身一如〟を研修としてプログラム化したものであること」、「大手企業約２００社が社員研修として実施しているように、宗教とは全く関係ないこと」などを、Ａ４版用紙３枚に書いて書類と口頭で説明しました。

その結果、よく理解していただき、「これから2ヶ月間の周知期間経過の後、速やかに認証できるでしょう」ということになりました。

2001年（平成13年）9月25日に、東京都の石原慎太郎都知事名で認証されました。10月10日に「NPO法人 氣の活用.COM」を登記しました。

10月20日に、新宿のセンチュリー・ハイアットホテルで「NPO法人 氣の活用コム」の設立記念パーティーを催しました。関係者100名が参加されました。

パーティーの最初の挨拶で、

「私は、効率最優先の〝合理の世界〟から完全に足を洗い、ボランティア組織であるNPO法人の〝非合理の世界〟に、百八十度方向転換をしました……。『(株)海外放送センター』の創業社長だった23年間は、一度も赤字を出したことはありません……」

そうスピーチしましたら、後ろの方から拍手が聞こえてきました。

顧問会計事務所の福澤先生からの拍手でした。

「氣の活用コム」設立記念パーティーで花束を受け取る私と妻の八寿子

スピーチをする林裕幸氏

ここで、スピーチをしていただいた日石三菱野球部監督で、シドニーオリンピック日本代表コーチ（当時）の林裕幸氏のスピーチの一部を紹介します。

「1991年に、『スポニチ杯』『都市対抗』『日本選手権』『第1回アマチュア王座決定戦』を総ナメできたのは、氣の活用のお陰でした。夏の都市対抗で1回戦敗退が続き、人事部より氣の研修を薦《すす》められ参加しました。その成果があって、『勝てるんじゃないかな』が『必ず勝つ』に、『打てるんじゃないかな』が『必ず打てる』に変わり、どんな場面でも動じない気持ちができました。今後、『氣の活用コム』に期待しています」

こうして無事に「NPO法人　氣の活用コム」がスタートをしました。

従来の「企業研修」と違って、年間6回の「一般公開コース」には、10歳の小学5年生から、弁護士、会社社長、ジャーナリスト、太極拳の師範、末期癌の方、83歳のオバアチャンまで、幅広い層の方々が参加されました。

（巻末に受講者の感想文を掲載しています）

また、町田市立の小・中学校と町田市の各自治会や、各地の青年会議所や市民講座での講演、大学体育連盟関連の「日本養生学会」での研究発表など、講師として出向いて行き、全国に「〝プラスの氣〟の種」を蒔く活動をしています。

★設立パーティーの様子は、氣の活用コムで検索して、トップページの「H13・11・20NPO

王貞治氏からいただいた『氣力』の色紙

法人『氣の活用コム』発足パーティーを開催」をご覧ください。

(2)『氣の活用法』の講演と実技指導の事例

事例1――スポーツ関係

【ケース1】――東海大学陸上競技部

東海大学陸上競技部では、2003年(平成15年)12月6日と、2008年(平成20年)2月に、『氣の活用研修』を実施しました。

約1ヶ月後の2004年(平成16年)の「箱根駅伝」では、選手層も厚く〝横綱級〟の駒沢大学に次いで、東海大学は過去最高の第2位と大健闘しました。選手全員が、「自分の持てる力」を最大限に発揮して、リラックスした走りでした。

スポーツ紙では、**「大崎コーチの意識改革で〝湘南の暴れん坊〟が大人の集団へ」**と、書かれていました。

また、2005年(平成17年)1月の「箱根駅伝」では往路で初優勝し、2005年10月10日の「出雲全日本大学選抜駅伝」でも、大会新記録で見事に初優勝しました。

★東海大学陸上競技部の大崎栄コーチ（バルセロナ・オリンピック１万メートルの日本代表選手）は、旭化成の選手時代に、先に述べた谷口浩美選手や森下広一選手と一緒に『氣の研修』を受講し、スポーツにおける「氣の威力」を体験していました。

大崎コーチが監督になった日立の女子陸上部では、１９９７年（平成9年）9月17日に『氣の研修』を実施し、1ヶ月半後の11月3日の「東日本実業団女子駅伝」で、日立は初優勝しました。

これらの体験から、「氣の活用研修は、本番の１ヶ月前に実施するの

大崎コーチの意識改革で"湘南の暴れん坊"が大人の集団へ

東海大2位

過去最高!!

96年の4位超え

最上級生が発奮

来年こそ頂点へ

初陣 城西大戸塚で繰り上げ

ホロ苦最下位

亜大3位

昨年17位から歴史的飛躍

東海大学の「箱根駅伝」２位を伝える「スポーツ報知」の記事（2004年１月４日）

が最も効果的だ！」と判断されて、「箱根駅伝」本番前の２００３年12月６日に実施されたのです。

★詳細は、気の活用コムで検索して、「Ｈ20・02・25東海大学　箱根駅伝チームに『氣の活用』を実技指導」をご覧ください。

【ケース２】——佛教大学女子駅伝チーム

佛教大学女子駅伝チームでは、２００８年（平成20年）３月から、３年間、毎年『氣の活用研修』を実施しました。

・２００８年（平成20年）10月の「第26回全日本大学女子駅伝」では、準優勝。

・２００９年（平成21年）10月の「第27回全日本大学女子駅伝」では、大会新の初優勝。

・２０１０年（平成22年）10月の「第28回全日本大学女子駅伝」では、大会新を更新して二連覇を達成しました。

★詳細は、気の活用コムで検索して、「Ｈ22・03・17佛教大学女子駅伝チームに『氣の活用』を実技指導」と「Ｈ22・10・24佛教大学『全日本大学女子駅伝』大会新の二連覇」をご覧ください。

立命の4連覇阻む

佛教大 大会新V 独走

佛教大の4区・
地（右）にタス
をつなぐ3区・
原＝上甲鉄撮影

立命大が2007年に樹立した大会記録を、佛教大が一気に2分47秒更新。2位の立命大も、その従来の記録を上回った。開催地が大阪から仙台に移って5回目。杜の都で繰り広げられる学生たちの戦いは年々、ヒートアップしている。

9月の関西学生対校女子駅伝でも勝っている佛教大が優勢だった。立命大が劣勢をはね返すには、序盤で

エース西原 意地の走り

リードを奪う必要があった。チャンスがあるとすれば、3区だっただろう。佛教大のエース西原(3年)はレース前から、右太もも裏に痛みを抱えていたからだ。

だが、西原が意地を見せた。31秒差でタスキを受けると序盤から飛ばし、中間点でリードを39秒に広げた。「8キロくらいから止まってしまいそうなほど痛くなったが、無事につなげて良かった」と西原。終盤は立命大のエース小島(4年)の猛追を受けながらも、10秒差でトップを死守してタスキをつなげた。小島を「先頭に立ったら流れも来たと思うけど、詰め切れなかった」と悔しがらせる場面だった。

前回まで2年連続2位の佛教大の選手たちは、打倒・立命大を合言葉に力をつけてきた。森川監督は「立命大と切磋琢磨しながらや

佛教大学女子駅伝チームの「全日本大学女子駅伝」初優勝を報じる「読売新聞」（2009年10月26日）の記事

「第27回全日本大学女子駅伝」優勝記念の選手達からのサイン入り色紙

「第28回全日本大学女子駅伝」優勝記念の選手達からのサイン入り色紙

【ケース3】――海老名南リトルシニア硬式野球クラブ

海老名南リトルシニア硬式野球クラブでは、２０１６年（平成28年）７月に、中学1年生～3年生の選手26名に、『スポーツにおける〝氣の活用法〟』の講義と実技指導をしました。26名の選手たちは、今まで14年～16年間生きてきた中で「一度も聞いたことのない話」と、「初めて体験する実技」に感動し、真剣に受講していました。

講習後に、担当者から、「今、試合中の選手から、〝氣を出せー！〟という声が飛び交っています。各選手が結果を出し、ここぞという時に、必ず打っています。講習以降の試合（オープン戦）は、負けなしです。有り難うございました」というお手紙をいただきました。以下同封されていた選手の感想です。

選手の感想

◎実技を通して、プラス思考や、成功した時のことを想像したり、臍下《せいか》の一点を活用する大切さを肌で感じることができて、本当に貴重な体験でした。それは、様々なスポーツ、日常生活、どこでも活用できることなので、いいことだと思いました。どうすれば力を最大限に発揮できるかを考えて、プレーしたいです。臍下の一点に氣を集めて走るのは、とても効果的でした。また、臍下の一点を意識することで、ボディバランスが向上できました。

◎最初は半信半疑なところがあったけど、実際に指導を受け、体験してみて、驚くことがたくさんあった。この経験を生かして、持っている力を１００％出したい。臍下の一点を意識して、野球をやってみると、何ごともパフォーマンスが上がりました。

◎走る時、ゴールしている自分をイメージして走ったら、足が軽くなったように感じました。打つ時、重心を下に置き、臍下の一点に氣を込めたら打てました。

『守備・キャッチャー』〈臍下の一点を意識する〉

◎人間は「心が身体を動かす」という言葉が心に残りました。臍下の一点を意識することで、ボディバランスが向上するので、臍下の一点に氣を集めていく。

僕は、３年生、２年生の前の試合と、研修を受けた後の今日の試合とは全然違ったと思いました。試合中でも皆が「氣を出せ！」と言っていて、意識していると思いました。これから、もっともっと心を強くしていきたいです。（1年生）

◎体幹トレーニングをしている時に、意識した結果、ブレることなく、形の良い体幹ができました。

◎試合では、心身の統一を実せんしてみました。そしたらリラックスすることができ、ヒットを打ち、打点をかせぐことが出来ました。

◎バットをもつ時に、小鳥を持つように握ってみたら、いつもより力強いバッティングができました。

◎木の棒を握る実技で、強く力を入れれば良いと思っていたけど、小鳥をだくように力をいれるという所がすごくびっくりしました。また、常に成功をイメージして、「勝てる」「出来る」という意識をして試合にのぞめば、自然と結果が出ると思いました。

◎氣の活用法を覚えて、いままで、氣という言葉をアニメなどでしか聞いたことがなかったので、現実でも、この氣を出すことができることに、とても感動しました。

◎ピッチャーで、スライダーを投げる時とかに、投げ終わった姿をイメージして投げたら、うまくいった。

◎「氣」を出しながら練習をしたら、身体がスムースにまわり、動きが素早くなった気がします。これからも野球だけでなく、日常生活でも活かしていきたいと思います。

◎今日は氣を使えるようになった。使えるようになったからには、これから使っていこうと思った。氣の重要さ、すごさを理解できた。

◎この研修をうけて、すごいなと思います。理由は、まがる手でも、氣をいれるとまがらないからです。そしてじっさいにためした結果は、バットにあたらなかったのが、あたるようになりました。

◎自分が学校や野球の時に、先生にならった姿勢を意識してやっていると、とても集中できて、すごいなと思いました。

◎バッターのときに、手をぶらぶらさせてみた。結果は、ライトフライ、レフトフライ、右中間ツーベースヒットでした。

◎自分はきりかえることが苦手だったけど、この体験のおかげで、少しはできるようになりました。今は姿勢のことと、プラスの言葉について、を実用していでいます。それができるようになったら、どんどん他のことを取り入れていきたいです。この体験は、自分にとって本当に良い経験になりました。
◎（付き添いの保護者から）実戦を取り入れながらの研修だったので、引き込まれ、あっという間の2時間でした。是非いろいろな方に体験して頂きたいと思いました。子供もプラス思考、プラスの言葉を意識するようになりました。

以上、まだまだ沢山の感想をいただきましたが、スペースの関係でこの辺で切り上げます。選手の皆さんは、〝氣の活用法〟をしっかりと理解し、体得し、実戦で活用してくれて、本当に有り難う。感謝です！
★詳細は、気の活用コムで検索して、「H28・07・02海老名南リトルシニア硬式野球クラブで実技指導」（写真と感想文多数有り）をご覧ください。
★その他のスポーツ関係は、本書巻末にまとめて載せていますので、詳細は、気の活用コムで検索してご覧ください。

「スポーツにおける〝氣の活用法〟」で重要なことは……

人間に〝心〟がなければ、「速く走る人」や「強い人」が勝ちますが、人間には〝心〟があるので、試合の本番で、「心と身体を一つに統一し、真のリラックスで力《りき》みを取り、〝自分の持っている力〟を十二分に発揮できた人」が勝ちます。

また、優勝をあまり強く意識しすぎて「勝ちたい、勝ちたい」となると、身体が硬くなり、力が入り、力《りき》んで失速してしまうので、この意識も突き抜けて〝無心〟になって、〝心身一如〟の状態で「自分の持っている力を出し切ること」に専念すればいいのです。

〝真のリラックス〟の自然体で、相手に立ち向かうことです。

最終的には〝無心〟が一番強いのです。

また、スポーツ選手を対象とした『スポーツにおける〝氣の活用法〟』の実技指導で、最後に必ず伝えてきたのは、「心・技・体」の『技のレベル』と『心身統一体（心身一如）のレベル』の関係です。

『技が10のレベル』の選手が、本番であがってしまったり、前夜眠れなかったりして、70％の力しか発揮できなかったら、10×70％＝7です。

『技が8のレベル』の選手が、心身統一体で〝持てる力〟を100%出しきったら、8×100%=8で、こちらが勝ちます。

以上が、ここ一番の本番で、『心身統一体で、持てる力を出し切ること』という〈氣の活用法の岡村理論〉です。

2021年「新春箱根駅伝」では、『技のレベル』が高く、優勝候補だった各校が本番で実力を発揮できずに、大苦戦していました。

そんな中で、『技のレベル』はそれほど評価されていなかった創価大の各選手が、本番で「持てる力を120%発揮」した結果、準優勝の栄誉に輝いた。

しかし、創価大の最終走者は優勝を意識した途端に、自分のペースを乱して駒沢大の大逆転を許した。

「2021年 箱根駅伝」は、まさに岡村理論を実証する展開となりました。

事例2——寺院関係

【ケース1】——浄土宗 福島教区 普通講習会ほか

浄土宗や天台宗の寺院60ヶ寺で、「お彼岸法要会」「お施餓鬼法要会」「お十夜法要会」などにおいて、法要前の講話として『生老病死における〝氣の活用法〟』を、実技を交えて90回ほど実施させていただきました。

寺院の他にも、神奈川教区普通講習会（2回）、長崎教区普通講習会、福島教区普通講習会、東北地区檀信徒の集い、東京浄土宗青年会、東北浄土宗青年会、北陸浄土宗青年会、保土ヶ谷仏教会、座間仏教会、足立区寺院共済会、江東組寺庭婦人会、増上寺仏教成人大学講座、豊橋仏教会「暁天《ぎょうてん》講座」、全日本仏教婦人連盟、「天台保育連盟 全国大会」、「仏教ホスピスの会――いのちを見つめる集い」などで講義と実技指導をして、数多くの方々に『日常生活における〝氣の活用法〟』を実体験していただ

浄土宗福島教区普通講習会（2007年３月）前列中央が私

きました。

【ケース2】――豊橋仏教会の「暁天講座」

２０１５年（平成27年）7月23日（木）の早朝6時～7時に、豊橋仏教会の「第50回 暁天《ぎょうてん》講座」で、『日常生活における〝氣の活用法〟』の講義と実技指導をしました。

『暁天講座』の暁天は、「夜明けの空」という意味で、お釈迦様が明け方に悟りを開かれたことに由来して、夏の真っ盛りの早朝に、佳氣《かき》に満ち満ちた寺院に集い、座禅を組んだり、お念仏を唱えたり、法話に耳を傾けて「心身の修練」をする場です。

豊橋仏教会では、『暁天講座』を7月21日～7月23日の3日間実施しています。

7月21日の初日に、帯津三敬病院の帯津良一先生が「場と旅情」の講話をされました。

22日の2日目は、衆議院議員の野田聖子氏が「生まれた命にありがとう」の話をさ

第50回「暁天講座」の案内チラシ

第50回「暁天講座」で講演する私（220名が受講されました）

講演は実技を交えながら行われました。写真は『氣を出す』実技

れました。

最終日の23日は、『日常生活における〝氣の活用法〟実技指導』のタイトルで、私が実技を交えて講話をしました。

前年の10月に「中外日報新聞」の『悠ゆう楽々～すこやか～』（本書163頁参照）に、〈身体を氣で洗う〉のタイトルで、私の「氣の全身呼吸法」の記事が掲載されたのですが、今回のご縁は、この記事を読まれた豊橋市の曹洞宗寺院の鈴木秀明上人から講演の依頼があり、今回の企画となりました。

鈴木上人は、豊橋創造大学の教授でもあり、大学体育連盟関連の「日本養生学会」での私の「氣の活用法の講演」を、数回聴かれていました。そのご縁もありました。
★豊橋は、私の娘が嫁いだ地で、不思議なご縁に驚きました。当日は娘夫婦と、当時9歳の長女と、6歳の長男も早朝6時の講演に駆けつけてくれました。
その後、長女はスケートに、長男は野球に〝氣の活用法〟を活かしています。

嬉しいことです。
★詳細は、気の活用コムで検索して、「H27・07・23豊橋仏教会の『第50回 暁天講座』で実技指導」をご覧ください。

【ケース3】――浄土宗「御忌法要」

2017年（平成29年）4月19日から27日までの8日間で、函館市の浄土宗寺院6ヶ寺で、御忌法要《ぎょきほうよう》の前に『生老病死における〝氣の活用法〟』の講話をしました。

（注：「御忌」は浄土宗の開祖法然上人の忌日です）

私は4月19日に函館に入り、4月20日の称念寺様を最初に、21日は大円寺様、22日は極楽寺様、24日は浄光寺様、25日は称名寺様、27日は勝願寺様という日程で、「氣の活用法」の実技を交えて、講話をしました。

『**生の分野**』では、「氣を出して、活き活きと〝光り輝いて〟生きること」を、実技でお伝えしました。

『**老・病の分野**』では、〝氣の全身呼吸法〟の実技を指導して、「身体の中を氣で洗い、氣が流れる身体で、免疫力と自然治癒力を高めること」や、私自身の大腸癌摘出手術や、脊柱管狭窄症《せきちゅうかん》の手術や、前立腺癌治療の体験を話して、「身体は医者に治してもらうが、心は〝自分で治す〟という強い気持ちで努力すること」をお伝えしました。

私の実体験から、「生」があるから「老」「病」「死」は〝あって当たり前であること〟を、説きました。

『死の分野』では、唐時代の善導大師の「発願文」を唱えて、私の実弟が4年前に65歳で他界したことを話し、「弟は肝臓・肺・骨・胃に癌を抱えていましたが、亡くなる直前まで好きなゴルフをして、まさに発願文の通りの大往生だった」という実話の例を出して、お伝えしました。

（注：善導大師の発願文については、本書214頁をご参照ください）

★本書29頁で述べたように、私は小学生の頃に、「大きくなったら、布教師になるんだ！」と、母親にいつも言っていたので、今回はそれが実現できて、気持ちの良い爽やかな「講演の旅」でした。感謝です！ 有り難うございました。

★詳細は、気の活用コムで検索して、「H29・04・20函館市の浄土宗6ヶ寺で、〝氣の活用法〟を講演」をご覧ください。

★その他の寺院関係は、本書巻末にまとめて載せていますので、詳細は、気の活用コムで検索してご覧ください。

事例３——一般関係

【ケース１】——町田市「まちカフェ」

「まちカフェ」は、地元町田市を中心にして活動しているＮＰＯ法人や、市民／地域活動団体などが、活動の発表や参加型のワークショップを行って、多くの方々との交流を広げる場です。

２０１９年（令和元年）12月で13回目になります。ボランティア活動を行っている約１８０団体が参加して、市役所の１階ロビー、２階、３階を使って様々なイベントが行われます。主催者の発表では、毎年８０００名～９０００名の来場者があり、大盛況です。

ＮＰＯ氣の活用コムは、「まちカフェ」の前身である２００１年（平成13

「まちカフェ」で実技指導をする私

年）の「第1回NPOのつどい」以来、参加してきました。

町田市役所1階ロビーの中央にブースを設けて、「活動写真の展示」と、「心・技・体の実技指導をします！」の張り紙を出して、不特定多数の来場者に「〝心と身体〟を一つに統一した〝氣の力〟」「氣が出た身体」「ヤル氣の出し方」「臍下《せいか》の一点」「真の落ち着き方」「不動心／不動体」「力《りき》みのとりかた」「スポーツへの活用」などを実技でお伝えしました。町田市の石阪丈一市長にも体験受講をしていただきました。

★詳細は、気の活用コムで検索して、「H29・12・03地元の町田市で、〝氣の活用法〟の実技指導」をご覧ください。

【ケース2】――世界スカウトジャンボリーに参加の「チェコ隊」

『世界スカウトジャンボリー』は、4年ごとにボーイスカウトと指導者が世界中から集まる大会です。

平成27年7月28日（火）～8月8日（土）に、山口県の「きらら浜」で開催された大会には、世界１５５の国と地域から、14歳～17歳の男女スカウトと、引率指導者の合計３万３８３８名が参加しました。

日本での開催は１９７１年（昭和46年）の静岡県朝霧高原以来で、実に44年振りでした。

８月７日の閉会式の後、各国から参加したスカウトたちは、日本の各地域でのホームステイを体験しました。

「ボーイスカウト町田第13団」（玉川学園、金井地区、藤の台、薬師台、本町田、南大谷、成瀬台、横浜市奈良地区など）は、チェコ隊11名（男性７名、女性４名）を受け入れました。

「ボーイスカウト町田第13団」からの要請により、「ＮＰＯ氣の活用コム」の町田研修所で、〝氣の活用

「町田研修所」における「チェコ隊」への“氣の活用法”実技指導の様子

法〟を英語と日本語で実技指導をして、道場に宿泊してもらうことになりました。参加者は初めて体験する〝氣の存在と使い方〟の実技に驚きながらも、真剣な表情で取り組んでいました。

夕方5時から、「町田第13団 カブ隊」のメンバーを交えての〈交換会〉で、歌やゲームなどで親睦を深めました。

夜は、1階の『囲炉裏の間』で〈歓迎会 パーティー〉として、日本のスカウト隊員のお父さんたちによる「会場の飾りつけ」と、お母さんたちによる「心づくしの手料理」で、素晴らしい交流の場となりました。

チェコ隊と町田13団のスカウトたちが、お互いのセカンド・ランゲージである英語を駆使しての、爽やかで和気あいあいとした歓迎会でした。

夜の8時頃に打ち上げて、シャワーを浴びた後、持参した寝袋で36畳の道場で雑魚寝をしていました。

★詳細は、気の活用コムで検索して、「H27・08・09世界スカウトジャンボリー参加のチェコ隊に実技指導」をご覧ください。（素晴らしい写真が沢山載っています）

★その他の一般関係は、本書巻末にまとめて載せていますので、詳細は、気の活用コムで検索してご覧ください。

事例4――学校関係

大学体育連盟関連の「日本養生学会」では、3回の研究発表を行い、大学体育関係の教授・助教授にも受講していただきました。都立国立高校や駒込学園では、PTA主催の講演会で実施し、大勢の保護者や先生方も受講されました。

また、小・中・高校生に対しては、町田市立町田第五小学校をはじめとして、刈谷市立刈谷東中学校、淑徳学園 中・高等部新入生、岩倉高校野球部、長崎工業高校野球部、長崎県立猶興館《ゆうこうかん》高校などで、〝氣の活用法〟の実技指導をしました。

【ケース1】――「福島に元氣を！ 3・11プロジェクト」

2011年（平成23年）の「東日本大震災」の時には、奥会津出身で「NPO氣の活用コム」副理事長の栗田和悦先生と、「福島に元氣を！ 3・11プロジェクト」を立ち上げて、2011年7月11日から福島県の小・中学校10校で「ここ一番の底力～〝元氣の木の根をはる方法〟～」のタイトルで、〝氣の活用法〟の実技指導をしました。

栗田先生は、その後も奥会津で『氣の活用法』の活動をされています。

★詳細は、気の活用コムで検索して、「H23・07・12『福島に元氣を！ 3・11プロジェクト』が実働を開始」（写真多数有り）や、H23・07・13『福島に元氣を！ 3・11プロジェクト』その2」（感想文多数有り）をご覧ください。

【ケース2】――岩倉高校ほか

岩倉高校では、野球部のレギュラー／準レギュラー選手に、『氣の存在と野球への活用』をテーマに、1996年（平成8年）2月と2002年（平成14年）7月に、2回実施しました。

1回目（1996年）の『氣の研修』の成果もあり、岩倉高校は翌1997年（平成9年）の「夏の甲子園」に、東京代表として初出場しました。

2回目（2002年）の時は、2003年（平成15年）「夏の甲子園」の地方予選である「東東京大会」の準決勝で、二松学舎大学附属高校に5―4で惜敗しました。

長崎工業高校でも3回実施しました。1回目は2005年（平成17年）6月に、野球部員60名に「夏の甲子園出場を目指して！」をテーマとして、『スポーツにおける〝氣の活用法〟』を実施しました。その結果、長崎工業高校は10年振りに〈ベスト8〉まで勝ち残りました。準々決勝で、準優勝校に延長10回、0─1で惜敗しましたが、選手たちは次回の優勝への〝自信と、確かな手ごたえ〟をつかみました。

私の母校である長崎県立猶興館高校でも２００７年（平成19年）５月に、野球部と空手部と弓道部で『スポーツにおける〝氣の活用法〟』を指導しました。空手部は、１ヶ月後の２００７年６月の「長崎県高校総体」で、大逆転優勝しました。

【ケース３】――「町田市立町田第五小学校」特別授業

２０１１年（平成23年）１月に、町田市立町田第五小学校で、５年生１組、２組、３組の全クラスに『ここ一番の底力～心と体のビックリ体験～』のタイトルで、〝氣の活用法〟の実技指導をしました。

当日は、１コマ（45分）授業では中途半端な授業になり、「〝気持ちさえあれば何でもできる〟という安易な考えを持たれる危険性」を考慮して、２コマ（90分）の特別授業にしてもらいました。

生徒たちは、２人が組んでの一つ一つの実技に、目を輝かせて、ビックリした表情で、真剣に取り組んでいました。

砂地に真水が染み込むように、生徒たちの純な心の中に「自分自身が〝本来、持っている力〟」の存在と、その活用の仕方が、素直に浸透していきました。

この特別授業は、町田市の学校ボランティアのコーディネーターをされている方が、

「一本足での不動心・不動体」の指導（町田第五小学校）

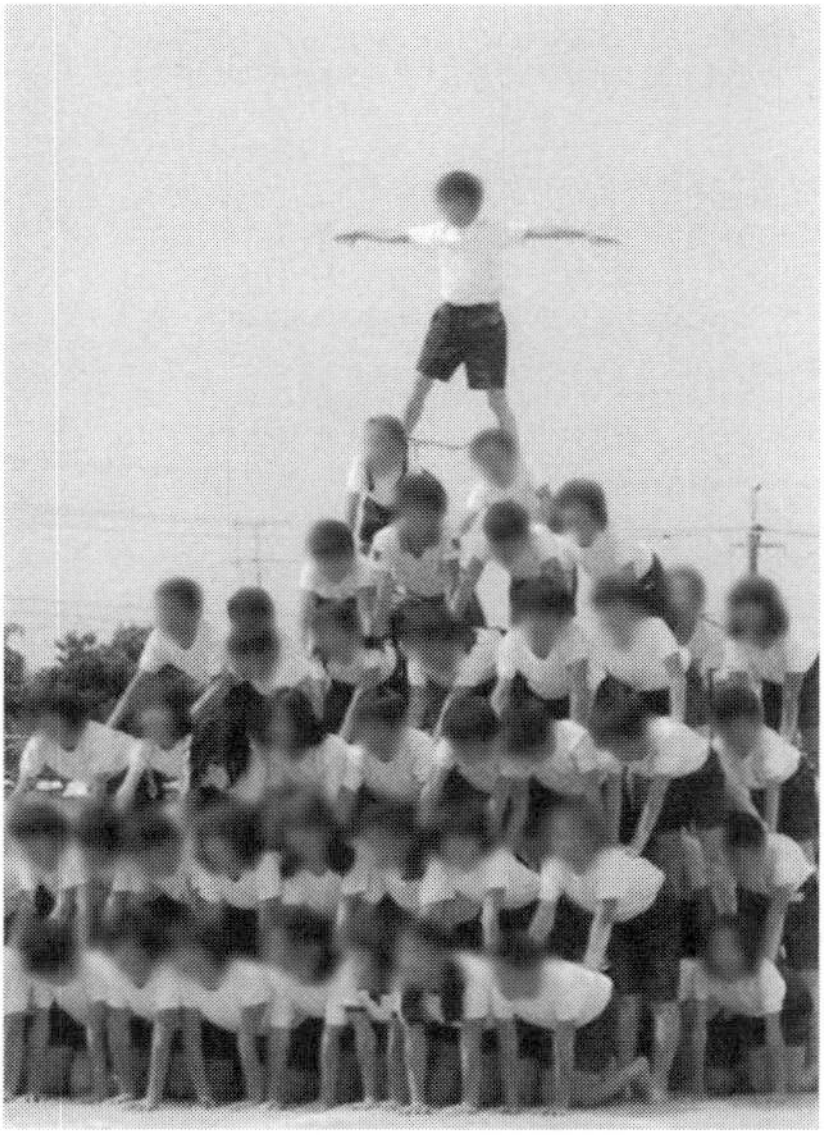

６年生になった子供たちが運動会で披露した７段の見事なピラミッド

五年生学年活動　スポーツ最前線に聞く
岡村隆二先生による

ここ一番の底力
～心と体のビックリ体験～

「心・技・体」という言葉を知っていますか。野球の技、サッカーの技、剣道の技、「技」はそれぞれとても異なっています。だから、水泳のコーチに柔道を習ったり、陸上のコーチにバレーボールを習ったりしても、意味がない･･･と思いますよね。

ところが、今回お招きする岡村先生は、野球、相撲、駅伝、剣道、バスケから、カバディー･･･どんなゲームでしょ？･･･まで、実にさまざまなアスリートたちが、試合後「先生のおかげで力を発揮できました」「アジア大会で銅メダルが取れました」「全日本女子駅伝二連覇！」とメールを送ってくるような、不思議な「コーチ」です。いったい何を教えてくださるのでしょう。

「砂上の楼閣」という言葉は、知っていますか。どんなりっぱな建物も、砂の上に建てたのではすぐに崩れてしまう、という意味ですね。ならば、りっぱな建物はどこに建てたらいいと思いますか？

楼閣は技に通じます。すべてのアスリートは、日々技を磨いて、勝負や記録に挑みます。けれども、それが「砂の上」にならないためには、どの競技にも共通の「土台」が必要です。それが、「心」と「体」、つまり岡村先生は「土台」のコーチなのです。

今、君は、どうしても外せないPK合戦のボールを蹴るところです。一番大事なのは何でしょう。助走のスピード？　軸足の角度？　狙うコース？　それとも････。

今、君は九回の裏を守るショートで、強烈なライナーが君の右３メートルを抜けていこうとしています。さあ、君にはどんな未来が見えますか。サヨナラ負けに泣くチームメート？　あんなの取れっこないよとうなだれる自分？　それとも、がっちり握ったウイニングボールを高々と掲げる君と、君に向かって駆け寄ってくる笑顔の仲間たちでしょうか？

実はスポーツだけでなく、勉強も同じです。算数の技、国語の技、いろんな技を学んでりっぱな建物を建てても、ドキドキして問題文をきちんと読めなかったり、「らくしょ～！」と油断して計算をまちがえたりしたら、何にもなりませんね。だから今回、岡村先生から、すべての土台となる「心」と「体」について、しっかり学びましょう。

お話を聞くだけではありませんよ。実際に「心」を使い、「体」を動かして、さまざまな体験をします。思いもかけないビックリ体験が、きっと君に確実な「土台」をつくってくれることでしょう。

町田第五小学校での５年生を対象とした「特別授業」のプリント

岡村隆二先生は、こんな方です。

1943年（昭和18年）に、長崎県のお寺の子どもとして生まれました。
なので、子どもの頃からお坊さんになるための修行をしていました。

ところが、大人になると、お坊さんにはならず「外国の人と上手に交流する」ための仕事に就きます。英語を使いこなし、専門の会社をつくって、社長さんになりました。
いろいろな大企業で、「国際人を育てる研修」などを、どんどん行っていました。

ところが、ところが、修行の過程で学んだことも、岡村先生の中で、ちゃんと生き続けていました。そして、「外国の人と上手に交流する〝技〟」としての英語も大事だけれども、生きる力の源となる〝心〟や〝体〟のことも、たくさんの人に知ってもらいたいと思うようになりました。

岡村先生が『〝元氣〟の研修』を行った回数は、数え切れないほどですが、スポーツにかぎってちょっと例を挙げると……

福岡ダイエーホークス（現ソフトバンク）・旭化成　陸上競技部
新日鉄　野球部・東レ　バレーボール部・JOMO　バスケット部
東海大学　駅伝チーム・仏教大学　女子駅伝チームと野球部
玉川大学　剣道部・駒沢大学　剣道部
「アジア大会2010」カバディー日本代表チーム（銅メダル）
玉川大学　女子バスケットボール部と女子駅伝チーム
関東学園大学　女子サッカー部
岩倉高校　野球部・長崎工業高校　野球部・御殿場中学　野球部
猶興館高校　野球部、空手部、弓道部・御殿場西高校　空手部
アジア大会射撃　金メダルの中山由起枝選手
バレリーナで「ジゼル」の主役を演じた島添亮子さん
埼玉県の卓球「K&Mジュニア・クラブ」（小・中学生）

などなどなど……

そして、岡村先生は、とうとう社長さんをやめ、いろいろな人に〝元氣〟を伝えるために、ボランティア活動の「NPO法人 氣の活用コム」を設立したのです！

岡村先生は、これまでたくさんの子どもたちにも、〝元氣〟の講座を開いてこられました。その様子は、「氣の活用コム」のホームページに載っていますよ。一度見てみましょう。

＊「氣の活用コム」でインターネット検索すると、「NPO氣の活用コム」のページが出てきますよ。

町田市の広報誌「まちびと　２００９年春号」に、〈活躍するＮＰＯ法人〉の頁で取り上げられた「氣の活用コム」の活動をご覧になり、自ら体験されて前頁の企画（案内文）を作成してくれました。スポーツでいわれている『心・技・体』について、非常に核心をついた案内文です。

★詳細は、気の活用コムで検索して、「Ｈ23・01・19町田市立町田第五小学校の学年活動で実技指導」（写真と感想文多数有り）で、是非ご覧ください。

★その他の学校関係は、本書巻末にまとめて載せていますので、詳細は、気の活用コムで検索してご覧ください。

町田市立町田第五小学校生や福島県の小・中学生、愛知県刈谷市立刈谷東中学校生、岩倉高校生、長崎工業高校生、猶興館高校生の感想文から、「小・中・高校生が『心と身体を一つに統一する〝心身統一〟』や、〝真のリラックスの仕方〟〝力《りき》みのとり方〟〝不動心／不動体〟〝真の落ち着き〟〝心のしずめ方〟〝プラスの言葉〟などを深く理解し、体得できていること」がよくわかりました。

『氣の活用研修』で、小学校の高学年生から中学・高校生たちに〝生きる力〟を伝授することができると確信しました。以下の感想文をご一読ください。

受講生の感想―町田第五小学校 5年1組・2組・3組の皆さん

◎このような役立つ事を教えて下さいまして、ありがとうございました。11さいという時に教えてもらいとても〝得〟したと思います。本当にありがとうございました

◎言葉でせつ明しているだけじゃ、あまりよく分からなかったと思うけど、実技など、体で体験することができたから、よく分かりました。ありがとうございました。

◎人間の身体は不思議だと思いました。心と身体を一つに統一する四つの技をやったりすると、うでがまがらなくなったり、すごいと思いました。

◎わたしが一番やりやすかった実技は、氣を出す「折れないうで、折れない心」がやりやすかったです。さいしょにやった実技1で、頭に手を置く実験で、

心と身体はつながっていて、頭に手がはなれなかった時に、すごくビックリしました。
◎今まで、自分自身でも使われていなかった力を、この授業で、どうコントロールするのかわかりました。今、ちょうど、体育の時、じきゅう走をやっています。その時に、教わったことを使って、良い方へのばしていきたいと思います。
◎この授業を聞いて、今までの落ちつきと、真の落ちつきが全くちがうことが分かりました。他にも実技で不思議な事がありました。本当にありがとうございます。
◎「真のリラックス」や「真の落ち着き」など、いろいろなことを教えてくれてすごく楽しかった。生活に活かしたいと思った。
◎前までは、リラックスの仕方は力をぬいていたのだけど、本当のリラックスは、ただ力をぬくことじゃないんだなと思った。サッカーの試合に使いたい。
◎とても元氣になれることを、いろいろ聞かせてくれたので家族も元氣になりました。
◎心と体が一つになると、大きな力になるということがおどろきました。きんちょうした時などに使ってみたいと思いました。
◎一番心に残ったのは、「心のしずめ方」です。私はいつも大勢の人の前にでるとすぐにきん張してしまいます。とても役立つお話でした。また、氷山の一角の例、とてもわかりやすかったです。とても役立つ授業ありがとうございました。
◎本当に「氣」や「言葉」で思ったり、言ったりするだけで、体がその通りに動くとは思わなかったので、おどろいた。とても楽しかった！
◎心と体が統一しないと力が出ないということ。また、話を聞くだけでなく、それを実際にやってみるというところがわかりやすくて、楽しい授業になるひけつだと思いました。
◎すごくいい授業でした。いろんなことがわかり、楽しくて、しらないうちにできていて、うれしかったです。すごく、ぜったいにむりだってと、思わなければできるんだな、と思いました。
◎ゴールに立っている自分を意しきして歩いたりすることや、押したりしても動かないようになることが、すごいなぁと、思いました。また学校に教えに来てください。

◎プラスの言葉を言うと氣が出ることなど、このようなことを教えてもらう機会などないと思います。それを教えてもらって、自分のためになりました。

◎今回の体験で、今まで自分が思っていたリラックスは、ダラックスと言われて、びっくりしました。それで帰っていろいろな方法をためしています。

◎プラスの言葉を言うとやる気がでる。今日の授業はすごく家でもやくにたつことでした。

◎土日のサッカーのしあいに使ってみました。おちついてプレーができたのでよかったです。

◎プラスの言葉や目標をもって生活にいかしたいです。おとといの試合でリラックスするやつを使いました。教えてくださって、ありがとうございました。

◎自分の思っていたリラックスと、先生が教えてくれたリラックスがぜんぜんちがうのにおどろいた。でも、やってみるとそれも意外と楽だったから、今後からそうしてみようと、思いました。

◎わたしはあまり「プラスの言葉」を使わなかったんですけど、お話をきいて、「プラスの言葉」で毎日をすごしていきたいと思いました。

◎「イメージの力」でイメージしたら、できない事ができたので、イメージの力はすごいと思った。できなくてもちょうせんしてみようと思います！
◎今日の授業、とくに「プラスの言葉」を活用して、自分の心のマイナスをなくして、どんどんプラスにしていきたいです。
◎プラスの言葉を言うだけで、体が強くなることが分かって、すごいと思いました。
◎これからきんちょうしている時には、プラスの言葉や、心のしずめ方はとてもこころ強いと思った。
◎一番、心にのこった言葉は「心の倉庫」です。プラスの言葉がどれだけたいせつなことかがわかりました。11さいでならって本当によかったです。
◎岡村先生の一つ一つのことの目的は同じですが、一つ一つの言葉には重みを感じました。僕の勝手な想像ですが、たぶん「氣」が出ているからだと思いました。
◎先生が見せてくれたことは、最初は、ありえないと思っていましたが、やってみてできたのでびっくりしました。先生から教わったことは、きんちょうする時などに使ってみます。本当にありがとうございました。

受講生の感想―刈谷東中学校の皆さん

◎今日は、すごくいい話を聞かせてくれて、ありがとうございました。今日の講演を聞いて、今、この瞬間から自分を変えていきたい、そう思いました。

◎今日、学んだことを忘れずに、日常生活で実践していきたいと思います。今日はこの時間があって良かったです。少しでもたくさんの人に今日のことを知ってもらいたいです。

◎講師の方から「心と身体はつながっている」と聞いて、そんなことはないでしょうと思っていたら、実技で、心で思ったら、身体が硬くなったりしてとてもビックリしました。

◎この3年生の夏という一番大事で、大変な時にとても素晴らしい事を教えて頂くことができ

PTA主催で行われた、刈谷東中学校（全校生徒720人）での講習の様子（2009年7月）

『氣を出す』実技（ヤル氣を出す）

ました。これからは今日習ったことを、練習・特訓・勉強など、本番でも活用して、今まで積み重ねてきた努力を120％出していきたいです。
◎私の中で、一番「いいなぁ」と思ったのは、あがった時に落ち着く方法です。私はよくあがっちゃってミスすることが多いので、実際に試合でやってみたら、緊張が抜けて、足がふるえていたのに、ふるえが止まりました。本当にすごかったです！

受講生の感想―猶興館高校 野球部・弓道部・空手部の皆さん

◎「心が身体を動かす」ということは、まさにその通りだと感じて、野球でも、心がものすごく大事なことだと思った。「真のリラックスの仕方」「真の落ち着き」「心のしずめ方」「不動心・不動体」などは、どれも野球で応用することができ、使い方をマスターしたら、とても良い武器になると思った。これから活用していきたい。
◎色々な実技を通して、「心」と「体」はつながっているんだと、実感しました。今日習ったことを多種多様な分野へと拡げていけば、今後の人生に必ず役に立つと思いました。
◎「氷山の一角」の話を聴いた時には、目が覚める思いでした。〝身体を動かすのは心〟という話で、メンタル面の大事さを知りました。家に帰って、バットを軽く振り、手から出る氣が、バットのヘッドに向かって流れるイメージで振ってみると、ムダな力が抜けて、シャープに振れるようになりました。本当に、今回の講義に感謝したいです。NHK杯でベスト4になれるように精進します。

新渡戸稲造氏の「武士道」について

学校教育で、宗教教育が禁止されている現状ですが、『氣の活用研修』では宗教という形をとらないで、結果的に「心身統一」「心身一如」を体得させています。

1時間半～2時間の講習で体得できています。

このことは、生徒たちの感想文で実証されています。

新渡戸稲造氏は著書『武士道』（1908年刊）のまえがきに、『武士道』執筆の動機になったラブレー氏との会話を紹介しています。

「『学校で宗教教育というものがないとは。いったいあなた方はどのようにして、子孫に道徳教育を授けるのですか?』とのラブレー氏の質問に、私は愕然とし、即答できなかったが、その答えは〝武士道〟である……」

また、『武士道』の最後に「何世代か後に、武士道の習慣が葬り去られ、その名が忘れ去られるときが来るとしても……」と、予知している。

現に武士道は、一般の日常生活にはそれほど浸透していません。

この武士道に代わるものが『氣の活用研修』であると、自負しています。

(3) 〝心身統一〟〝心身一如〟への道

『氣の活用研修』では、「〝氣〟とは、生命力です。生きとし生けるもの全てを生み出し、育んでいる大自然(大宇宙・天地)の持つ根源的な生命エネルギーです。」

「この大自然に満ち満ちている〝生命エネルギー〟を、自分の中に取り込んで、ご自身の生命力を最高に高めた状態で事にあたり、〝生〟〝老〟〝病〟〝死〟の人生万般に活用すること」を、講義と実技を交えてお伝えし、体得していただきます。

〝心〟と〝身体〟の〈性質と関係〉について

〈性質〉

心 ―形がない、色がない、匂いがない、触れない、扱いにくい、鍛えにくい。自由自在に飛んでいける……物体でない。

身体 ―形がある、色がある、匂いがある、触れる、扱いやすい、鍛えやすい。動きに制約をうける……物体である。

〈関係〉

〝心〟と〝身体〟は、自動車の前輪と後輪に喩《たと》えられる。それでは、どちらが駆動輪か？

すなわち、心と身体は「どちらが主で、どちらが従か？」

法則 ……**「心が身体を動かす」**（身体は車体で、心は運転手）

また、「〝心〟と〝身体〟は、氷山に喩えられます。

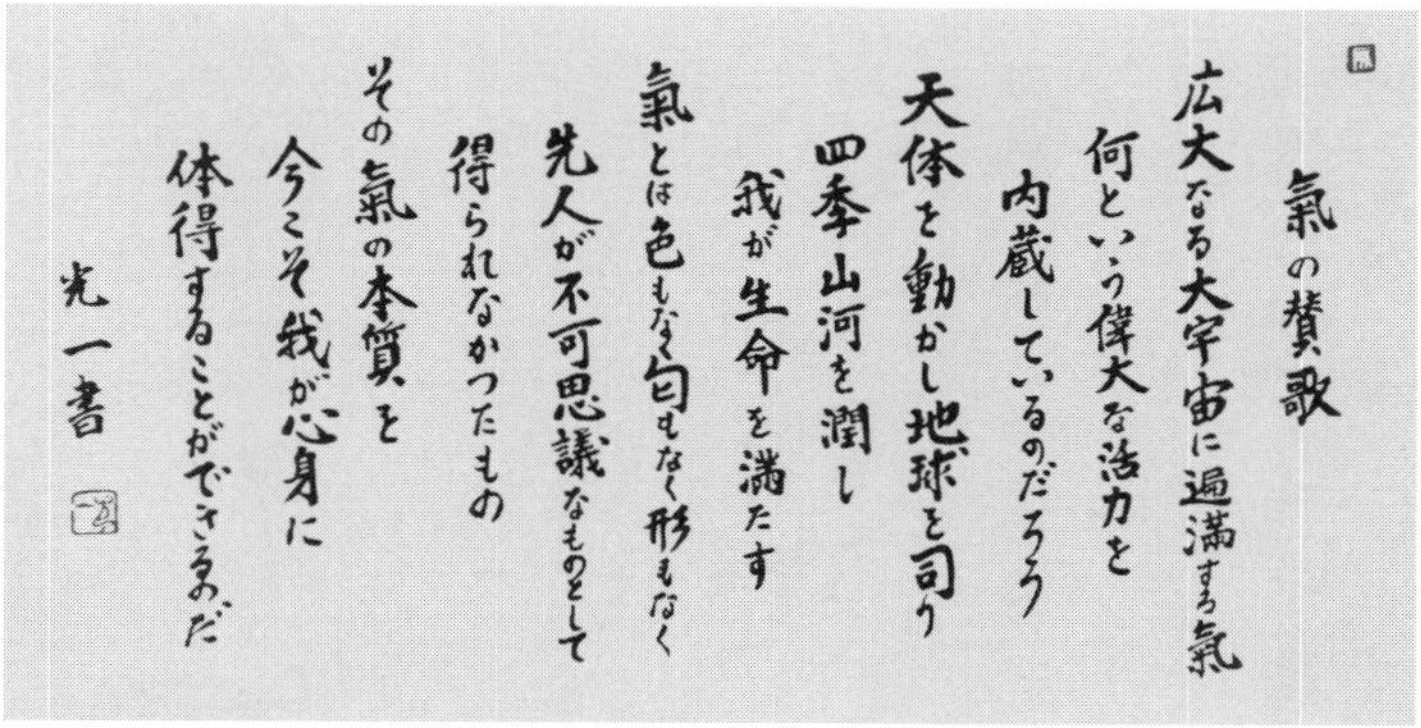
氣の賛歌
広大なる大宇宙に遍満する氣
何という偉大な活力を
内蔵しているのだろう
天体を動かし地球を司り
四季山河を潤し
我が生命を満たす
氣とは色もなく匂もなく形もなく
先人が不可思議なものとして
得られなかつたもの
その氣の本質を
今こそ我が心身に
体得することができるのだ
光一書

「（財）氣の研究会」藤平光一会長の書による『氣の賛歌』

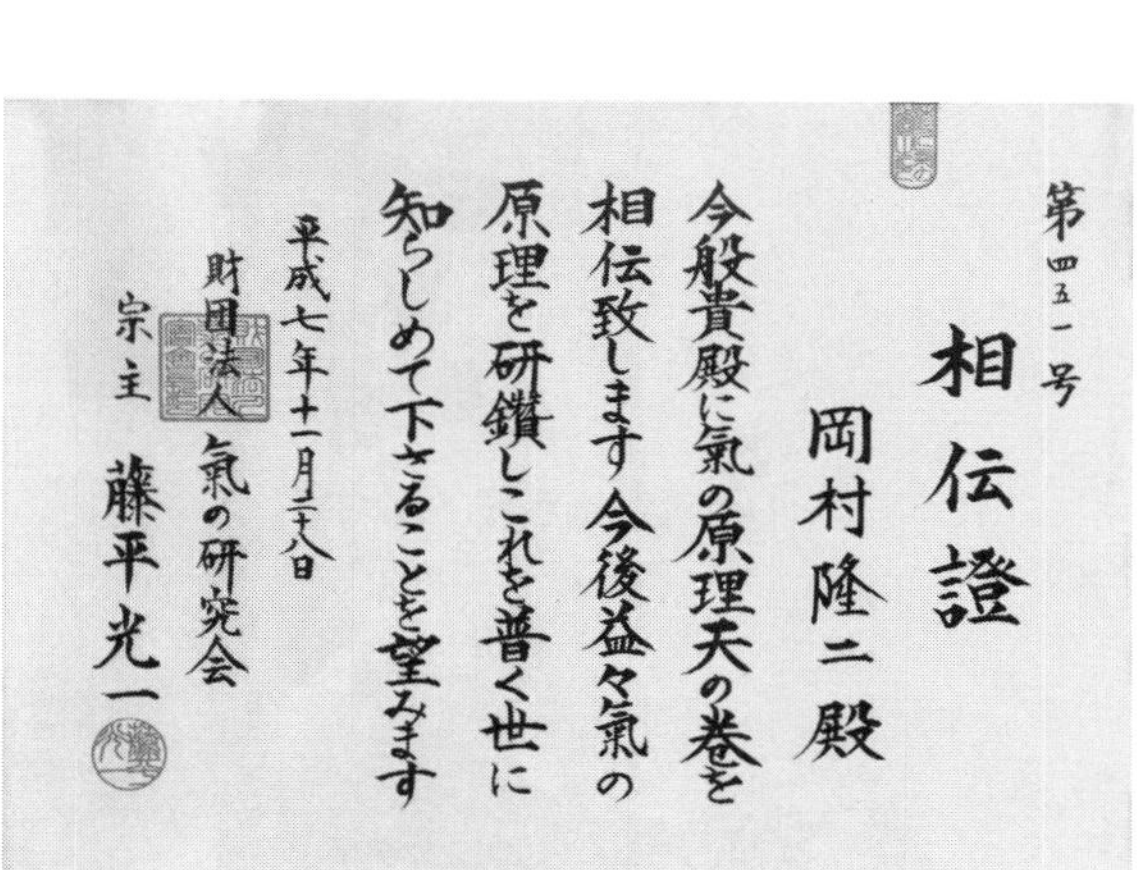
第四五一号
相伝證
岡村隆二殿
今般貴殿に氣の原理天の巻を
相伝致します今後益々氣の
原理を研鑽しこれを普く世に
知らしめて下さることを望みます
平成七年十二月二十八日
財団法人 氣の研究会
宗主 藤平光一

「（財）氣の研究会」よりいただいた「相伝証」

目に見える部分が〝身体〟、水中の目に見えない部分が〝心〟です。『心と身体を一つに統一』して使った時に、氷山全体の力が発揮されて、『人間本来の力』が発動するのです」と教えて、実際に体験させせます。

この『心と身体を一つに統一』するための方法として、「（財）氣の研究会」の藤平光一会長（当時）が、合氣道を通して創見された**「心身統一の四大原則」**を実技指導します。（本書76頁参照）

氣
心身統一の四大原則
1．臍下の一点に心をしずめ統一する
2．全身の力を完全に抜く
3．身体の総ての部分の重みを、その最下部におく
4．氣を出す
監修　財団法人　氣の研究会
会長　藤平　光一
NPO特定非営利活動法人
氣の活用 .com
理事長　岡村　隆二
NPO特定非営利活動法人　氣の活用 .com　〒195-0074 東京都町田市山崎町1163-4
Tel：042-724-2051　Fax：044-987-8996
e-mail：ki 101@kinokatsuyo.com　URL：www.kinokatsuyo.com

「氣の活用研修テキスト」

「心身統一の4つの方法」とは、

(1) **臍下《せいか》の一点に心をしずめ統一する（心の法則）**…心のしずめ方、不動心／不動体

(2) **全身の力を完全に抜く（身体の法則）**……真のリラックス

⑶ 身体の総ての部分の重みを、その最下部におく（身体の法則）……真の落ち着き

⑷ 氣を出す（心の法則）……ヤル氣の出し方、光り輝く（オーラが出る）

「心身統一」への登り口は4つですが、どれか1つをやれば、他の3つは自ずから備わってきて、「心身統一」「心身一如」の状態になり、氷山全体の力が発揮されます。

『氣の活用研修』では、このことを一つ一つ実技指導して、体得させています。

例えば、⑴臍下の一点に心をしずめ統一する（心の法則）の実技指導の中では、

「天地・大自然・大宇宙は、無限の半径で描いた無限の円周・球体です。

この天地・大自然の中心に自分がいて、その自分の中心が『臍下の一点』です。

全てを吸収するブラック・ホールです。

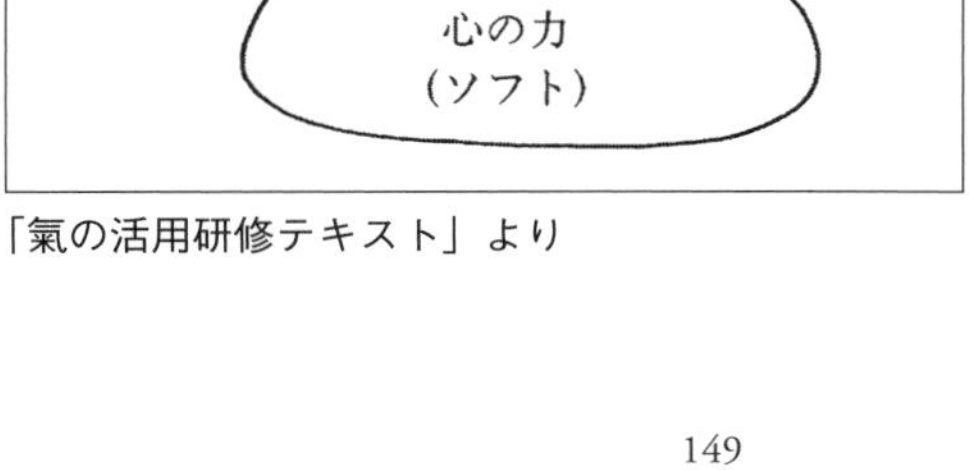

「氣の活用研修テキスト」より

この一点は、〝心〟と〝身体〟の接点です。

この一点に心をしずめて〝心身統一〟すれば、〝心身一如〟になり、天地一体の至妙境になります」と、実技で指導して教えます。

ストレスが蔓延する現代社会では、全てのストレスをブラック・ホールである『臍下の一点』に流し込むのです。

昔から〝腹の据わった人〟と言われてきた達人たちは、この『臍下の一点』で考え、行動し、全てを『臍下の一点』に流し込んできた人です。

心身一如に至る三つの道

これらの活動を通して、新しいことが見

全てを『臍下の一点』に流し込む実践研修の様子（町田研修所）

えてきました。

それは古来、修行者やスポーツ選手が求めてきた「心身一如」に至る道に、『三つの方法』があるということです。

修行者は、「心身一如」を求めて、山にこもり、滝に打たれて修行してきました。

私も若い頃、山岡鉄舟の流れを汲む「一九会道場」で、埼玉県の平林寺の老師から「無字の公案」をいただいて、座禅を組んで「心身一如」を求道してきました。

山岡鉄舟や中曽根元首相が参禅した東京谷中の全生庵の「臨済会」で、平井住職は「座禅は瞑想と違い、〝心身一如〟になることだ！」と、喝破されていました。

一流のスポーツ選手は、絶好調の時には〝心身一如〟になっています。

先に述べた旭化成陸上競技部の宗茂監督は、『氣の研修』実施後の総括の挨拶で、「自分たちが今まで練習でやってきたことの裏づけをしてもらえました。調子のいい時は走る前から、〝今日はいける！〟と感じるが、これが〝心身統一〟〝心身一如〟になった時の感覚なんですね！」と、言われていました。

また、２００８年（平成20年）２月に『スポーツにおける〝氣の活用法〟』を受講された東海大学箱根駅伝チームの川村亮選手は、受講後のアンケートで「今までに私もゾーンを経験したことがありますが、その力はどこから出てきたのか、全くわかりませんでした。しかし、それが氣の力であったのかと、実感できました」と書かれていました。

「心身一如に至る三つの道」を整理しますと、

⑴武道やスポーツを通して、〝身体〟から入って行く道

⑵信仰を通して〝心〟と〝行〟から入って行く道――座禅や滝行や神道の禊《みそぎ》修行

⑶『氣の活用研修』から入って行く道――「心身統一」⬇「心身一如」

登り口はそれぞれですが、到達点は『心身一如』です。

⑴と⑵の道は〈難行道〉です。一般の方々には、体得するのが難しい方法です。

⑶の『氣の活用研修』から入って行く道は、日常生活をしながら、一般の方々が容易に体得できる〈易行道〉です。

『氣の活用研修』では、この「**心身一如への第三の道**」を、日本全国の老若男女にお伝えしています。

第二章　老病

Ⅳ　遊行期（ゆっくり淡々と枯れつくす死の準備）――成就の時代――

（1）身体の痛み――（イ）大腸癌

２００2年（平成14年）から毎年春に、聖マリアンナ医科大学病院で人間ドックを受診してきました。２００4年（平成16年）4月12日に、61歳の人間ドックで、高脂血症と貧血の再検査を告げられました。

今まで、再検査などと言われたことは一度もなかったのに、半年前に60歳の還暦を迎えて、急に肝臓などの数値が悪化してきました。

58歳の時、友人に「人間ドックで、どこも異常がなくて、完璧だったよ！」と話したら、「その年齢で、どこも悪くないのが異状だよ」と、言われたほど元気でした。

再検査の結果が8月26日にわかりました。

「高脂血症は正常でしたが、貧血は前回より悪化しています。血清鉄が少ないことから、鉄欠乏性貧血と考えますが、食事内容を注意するだけでは正常範囲に戻らないかもしれません。血液内科をご受診になり、内服治療をお受けください。ご紹介いたします」という結果でした。

紹介された血液内科の先生は「参考までに胃と大腸の内視鏡検査をしてみますか?」と、軽い気持ちで言われました。

9月28日に調べた胃の内視鏡検査の結果は「問題なし」でした。

私は「自分が癌になる」なんて、全く想像だにしたことがなかったので、「来年春に人間ドックを受けますから、大腸の検査はその時でいいでしょう?」と、先生に訊ねました。答えは「もしも何かあったら……ということのために、一応検査だけしてみましょう」という軽い返事でした。

11月16日に大腸の検査をしました。画面に映し出された内視鏡を一緒に見ながら、「どうです。綺麗な腸でしょう!」などと、笑っていました。

内視鏡検査の最後のところで、別の先生も加わり、検査医の動きが慌ただしくなってきました。「検査のために細胞組織を一部採ります」と言われましたが、それでも私は異常とは気がつかずに平然としていました。

検査終了後に、「11月25日に検査の結果がわかりますので、奥さんと一緒にいらしてください。お子さんはいらっしゃるのですか？　いればご一緒に来てください」と言われました。

「娘も一緒に？？？」と言われて、初めて「ヒョッとすると癌かな！」という思いがよぎりました。家に帰り、妻に全てを報告しました。

（＊6ヶ月後に妻から初めて聞いたのですが、11月16日の検査直後に、病院から妻あてに電話があり、「ご主人に大腸癌が見つかりました。ご本人は今、病院を出て自宅に向かっていますが、本人には正直に告知していいのでしょうか？」と聞かれ、妻は「全て事実を正直に話しても大丈夫です」と答えたら、先生も「私もそのようにお見受けしました」と、言っていたそうです）

11月25日に、妻と一緒に内視鏡の検査結果を聞きに行きました。

内科医の先生から「3センチ以上の腫瘍がある。良性か悪性かは不明。全身検査をする必要がある」と、告げられました。

全身検査の結果、12月1日に外科医の先生から、「大腸と盲腸の境に癌ができている。早期発見とは言えない。グループ5（レベル5）です。貧血の原因はこの癌でしょう」と、告げられました。
便検査は3回やりましたが、いずれもマイナス（－）で、正常でした。
このことを質問したら「検便で6～7割は判明するが、4～3割は判明できずに通過する」とのことでした。（このことは一般の方はあまりご存知ないようです）
また、私の大腸癌は凹凸の〝凹〟で、くぼんだ形状だったので、便がこすれることがなくて、血便とならなかったようでした。

２００4年12月13日に入院して、12月17日に腹腔鏡手術をしました。

癌は直径6センチの大きさでした。

両手一杯に切除した大腸を触りながら、執刀された先生は妻と娘に「大きかったんですよ！」と先ず言われました。

続いて「リンパが腫れているので、5割以上の確率で転移していると思います。また6センチと予想以上に大きかったので、大腸の壁を突き破っている可能性も高いです」と、告げたそうです。

術後の経過は順調で、２００5年（平成17年）1月1日に無事に退院できました。

２００５年１月12日に、組織生体検査の結果を妻と聞きに行きました。

待合室での時間が長く長く感じられました。

癌が大腸の壁を突き破って、転移しているのか、いないのか……。

６センチの癌は、大腸の壁を破っていませんでした。また、リンパ節への転移もありませんでした。気がかりだった両方ともにセーフでした。大大満足の結果でした。

癌のレベルは０～４の５段階の「レベル２」でした。

レベル２の５年生存率は80％だという説明がありました。

抗癌剤の服用は、「服用してもしなくても、どちらでもいい」ということでしたが、先生の意見は「とにかく大きかったので、１年間は飲んだ方がいいと思う」ということでしたので、１年間飲んで様子をみることにしました。

(弱い抗癌剤で、副作用もないものです)


４月18日に超音波、５月２日にＣＴ検査で肝臓などを調べました。その結果、転移もなく全く問題ありませんでした。

その後、９月21日に肝臓と上腹部の超音波検査をやり、これも問題なしでした。

12月13日と12月14日に、術後1年経過の検査で、大腸内視鏡・超音波・CT検査をしました。この検査も全て問題なしでした。無事に1年経過し、ホッとしました。
＊16年経過した現在でも、2年ごとに大腸内視鏡検査をしていますが、全く問題ありません。完治です。完全に大腸癌を克服しました。

実は、1月12日に組織生体検査の結果説明の際に、6センチもあった癌がリンパ節や、他の臓器に転移していなかったことを、執刀した先生が驚いていた様子を、妻も私も肌で感じていました。

妻と娘には最初から「私には全て真実を話すように！」と、伝えていました。

手術直後に執刀医の先生が、妻と娘への説明で、「リンパ節への転移の可能性が、5割以上あると思います」と言われたことを、1月12日に結果が出るまで私に伝えなかったことを、娘はずっと気にしていたそうです。

〈大腸癌への対処の仕方――岡村流〉

私は〝病気は何かの気づきを与えられている〟と、感じていました。『お寺のお仏飯で育った私に、〝生老病死の問題に真摯に取り組め〟というメッセージ』だと、受けとめました。同時に『天地が、私をまだ必要とするなら、生かしてくれるだろう』と、全てを天地・大自然にお任せしました。

また、「〝氣の活用研修〟で説いていることを自分の身体で実験するいい機会だ！」とも思いました。

私は先ず、身体に〝ごめん！〟と謝り、それから入院中に『氣の全身呼吸法』を真剣にやり、お腹に手を当てて（手当て）氣を送り、「癌細胞よ！　私の使命を自覚したから、これ以上、悪さをしないで、ジッとしていてくれ！」と話しかけていました。

また、大勢の方々が〝氣〟を送ってくださったり、祈ってくれていました。

その結果、癌細胞が〝言うことをきいてくれた〟と確信しています。（医学的にはわかりませんが……）

天地・大自然と、皆さまからの「愛の力」だと素直に感謝しています。

大腸癌を通してわかったことは、『氣の活用研修』でお伝えしている「**身に病ありといえども、心必ずしも病まず**」という信念で、「身体は医者や薬で治してもらうが、心は〝自分で治す〟という強い気持ちで努力する」ということです。

2014年(平成26年)10月10日　中外日報　第3種郵便物認可　(14)

悠ゆう楽々

すこやか

NPO氣の活用コム理事長　岡村　隆二さん

身体を「氣」で洗う

氣の活用法を実技指導する岡村さん

NPO「氣の活用コム」の創設者・岡村隆二さん(71)は、合氣道を応用した心身鍛錬法「氣の活用」の実技指導を通して多くの学生や社会人、高齢者を元気にしている。

古希を迎えてますます意気軒高な岡村さんだが、10年前に人生を揺るがす大病を患ったことがある。人間ドックで受けた内視鏡検査で、大腸に直径6センチのがんが見つかった。そして「5割以上の確率で転移している」と医師から告げられたのだ。

「お寺のお仏飯で育った私に〝生老病死の問題に真摯に取り組め〟とのメッセージと受け止めました。同時に、天地が私をまだ必要とするなら生かしてくれるだろうと、全てを天地・大自然にお任せしました」と岡村さんは話す。

また氣の活用研修で説いていることを、自分の身体で実験するいい機会だとも考え、「氣の全身呼吸法」を真剣に実践した。その上で手術までの1カ月間、腹部に手を当てて〝使命を自覚したから、これ以上、悪さをしないで、じっとしていてくれ〟とがん細胞に念じ続けた。幸い、転移もなく手術は成功した。

「『身に病ありといえども、心必ずしも病まず』という言葉がある。体は医者に治してもらうが心は自分で治すという強い気持ちが大切」と語す。「最後まで生きる希望と、いつ死んでもいいという『生死一如』の心境に達しました」とも。

8月に開かれた第38回生命情報科学シンポジウムで、免疫学の第一人者、安保徹・新潟大名誉教授は「悩みと過酷な仕事が難病になる原因である場合が多い」と説き、「がんになったら身体を温めて、深呼吸をすること」と力説した。岡村さんが実践した「氣の全身呼吸法」と通じるものがある。

岡村さんの健康法とは坐禅や胡坐の状態で、氣の全身呼吸法によって「身体の中を氣で洗うこと」だという。

「特にお勧めは、朝一番の〝できたての酸素〟で身体の中を洗い、〝氣の流れる身体〟にすること。またゴルフなどの趣味を通して、『心身統一体』や『心身一如』を体感し〝氣を練ること〟です。これは全ての趣味に通じます」

岡村さんは今、来年夏にスキューバ・ダイビングに10年ぶりに挑戦するため週2回スポーツジムに通い、再びの青春を謳歌している。

（斎藤祐一）

（HPは氣の活用コムで検索）

人間まるごと健康法⑦
これが私の食養生

帯津三敬病院名誉院長　帯津　良一

昔、中国で買い込んで来た本の中に天津中医学院が編んだ『祝您健康長寿』という本がありました。訳せば「あなたの健康と長寿をお祈りします」という、まるで年賀状の挨拶のような題名が気に入りました。

題名さながら、ここには本場中国の養生の粋が散りばめられていました。なかでも三・三・二十一文字が養生の要諦とあります。

動運動（運動にいそしむ）
練気功（気功を練習する）
節飲食（食事を節制する）
暢情志（心をのびやかにする）
慎起居（正しい日常生活）
適環境（環境に合わせた生活）
補薬物（薬で補う）

今回はわが節飲食についてご披露いたしましょう。

病院に勤務する日は3食とも院内の職員食堂で取ります。朝食はこんぶ茶が1杯とコーヒーが1杯。これだけです。

8年前に2012年の国際ホメオパシー医学会の開催地が奈良に決まったとき、その際のアトラクションとして私に太極拳の演武を、とスペインの代表から申し入れがあったのです。この話を聞いた栄養科の科長が、そのお腹ではみっともないからと一方的にこのスタイルにしてしまったのです。お腹の状態は一向に変わりませんが、いまもってこのスタイルを堅持しています。

昼食は午後2時半頃、急いでしたためるので原則として一皿物です。ラーメン、タンメン、オムライスの順でしょうか。さらに午後の仕事の活力のために和菓子とか、みたらし団子とかの甘い物が一品つきます。

朝と昼が至って粗食の分、夕食は満を持してということになります。昨晩の献立をあげますと、アサヒスーパードライの缶を3本、焼酎「鳥飼」のロックを3杯。湯豆腐を筆頭にニンニクのスライスを添えたカツオの刺身、枝豆、サトイモと油揚げとシラタキの煮物。締めはクリご飯に京菜の漬物。ブドウを3個。

どうです、悪くないでしょう。私の好みを熟知している科長の献立ですから、すべてが心のときめきをかき立ててくれます。免疫力も自然治癒力も向上すること請け合いです。

もちろん休肝日はありません。そして日曜日となるとまたときめきが増えます。原稿書きや講演のための常宿の朝は4時から仕事をして6時半になると生ビールと目玉焼き1個。いやぁ、こたえられませんよ。

私の「氣の全身呼吸法」を紹介する「中外日報新聞」（2014年10月10日）の記事

また、『氣の全身呼吸法』で、免疫力や自然治癒力を高めることです。

〝最後まで生きる希望と、いつ死んでもいいという諦観〟で、『生死一如』『生老病死』を体験し、〝死を見つめて生きるのも悪くない〟という心境に達しました。

★2014年8月の「第38回生命情報科学シンポジウム」で、免疫学の第一人者である安保徹・新潟大学名誉教授は、「悩みと過酷な仕事が、難病になる原因である場合が多い」と説き、「癌になったら身体を温めて、深呼吸すること」と、力説されていました。

〈中医の血・水・氣について〉

私は2009年5月から2011年8月まで、「淑徳大学 一般公開講座」の中で、『生老病における〝氣の活用法〟』のタイトルで、講義と実技指導をしていました。同じ時に、『東洋医学講座』で、中医（中国医療）の陳先生が講義をされていました。その講義の中で、陳先生は、中国4千年の歴史があるといわれている中医でいう「人間の生命活動に必要な三大要素」つまり『氣と血《けつ》と水《すい》』について、
血《けつ》は、血液のことで、健康を維持するために全身に栄養を運び、老廃物を回収する

働き。

水《すい》は、胃液やだ液などの体内の水液のことで、身体全体を潤し、循環して、体温調節や関節の働きを滑らかにする働き。

氣は、エネルギーの源で、体の各機能を動かし、新陳代謝を促す働きで、氣の最大の作用は「血や水の働きを、全身に推し進める〝推動作用〟だ！」。

という話をされました。

私は講義後に、陳先生に「5年前の2004年に大腸癌の摘出手術をしました。その時に、大腸に手を当てて、氣を送り、『これ以上、悪さをしないで、ジッとしていてくれ！』と、癌細胞に話しかけていたら、6センチもあった大腸癌がどこにも転移していませんでした」と話したら、陳先生は「まさにそれが氣の推動作用だよ！」と感動されていました。

身体の痛み――（ロ）脊柱管狭窄症

○2005年（平成17年）1月から、座骨神経症でお尻から足にかけて痛みが走るようになりました。

○２０１２年（平成24年）２月に、近所のクリニックを受診し、腰のレントゲンを撮った結果「第五腰椎がすり減っていて、脊柱管狭窄症《せきちゅうかんきょうさく》。変性スベリ症」と診断されました。

○２０１２年７月に、「あいち腰痛オペクリニック」に３日間入院して、腰部脊柱管狭窄症の手術をしました。幸い手術は大成功で完治しました。

身体の痛み――（八）前立腺癌

○２００７年（平成19年）２月５日の人間ドックで、ＰＳＡが６・39になったので、再検査しました。

○２０１２年（平成24年）１月18日の検査結果……ＰＳＡ11・79で高かった。

○２０１５年（平成27年）４月７日の結果……薬を飲んでいるのに、ＰＳＡ19・２と非常に高かった。

○２０１５年９月、新百合ヶ丘総合病院で、サイバーナイフでの「放射線治療」をやりました。

４年経過した２０１９年（令和元年）９月５日の検査で、ＰＳＡは０・73となり、ほぼ完治しました。

２００4年（平成16年）に、大腸癌を体験しているので、今回の前立腺癌は全くの平常心で取り組めました。

生きているから、身体の病は仕方のないことです。病気になっても「克服すればい！」だけのことです。

★２０１9年（令和元年）6月に、復刊本として発行された禅僧・関 大徹老師のご著書『食えなんだら食うな―今こそ禅を生活に生かせ―』（ごま書房新社）に、「病いなんて死ねば治る」……と、書かれています。

★〝健康〟の語源は、『健体康心』です。「健《すこ》やかな体と、康《やす》らかな心」という四字熟語です。元々は「心と身体の〝心身の健康〟」を意味していました。
ところが、日常の挨拶で「お体をお大事に！」とは言いますが、「お心をお大事に！」とは言いませんね。いつの間にか「心」が抜け落ちてしまいました。

これからは、認知症の問題などで、「心と身体の両方の〝心身の健康〟」がクローズアップされることでしょう。

閑話休題

イラクのフセイン元大統領に命を救われた！

話は前後しますが、２００３年（平成15年）12月17日（水）正午から20日（土）正午までの３泊４日で、「あまりにも理不尽なイラク戦争に反対」を掲げて、新宿西口でハンガー・ストライキをする決意をしました。

「イラク戦争」は、同年の３月20日、アメリカ軍によるイラクの首都バグダッドへの突然の空爆で始まりました。イラクの大量破壊兵器（ＷＭＤ）保有の可能性を危険視したアメリカが、フセイン政権転覆を目的とした軍事行動でした。これにより、何の罪もない市民が10万人以上も犠牲となったのです。フセイン大統領はアメリカ軍により12月13日に捕らわれましたが、結局、大量破壊兵器は見つかりませんでした。アメリカ軍による、暴走だったのです。

この戦争に反対を唱えるべく私は、次頁のＡ４版のチラシを３０００部作り、座禅姿の前に置きます。妻も賛同してくれて、毛筆で80センチ×90センチの看板を２種類作ってくれました。

ハンガーストライキ　決行中！

＜2003年12月17日正午～12月20日正午まで＞

小泉首相への提言

平成15年12月17日

『過《あやま》ちては改《あらた》むるに、憚《はばか》ること勿《なか》れ』

BUSH大統領は02年1月29日の「一般教書」で、イラク・イラン・北朝鮮を『悪の枢軸』と呼び、“イラクでの国連の査察継続”の審議を無視して、イラク戦争を始めた。
そのアメリカをイギリスのブレア首相が「支持」し、スペインのアスナール首相も「支持」した。
我が小泉首相もいち早く「支持」を世界に向けて表明した。

イラク戦争での殺し合いの結果、大量破壊兵器も発見されず、9・11とイラクは無関係だったし、イラクとアルカイダの関係も無かった。
全てがBUSHの思い違いであり、強迫観念にかられた行動であった。

“過ちては改むるに、憚ること勿れ”と言う諺がある。
過ちを素直に認めて、次の行動に着手するのも、勇気ある男の生き方である。

小泉首相は世界の平和と安定のために、虚心坦懐に私心を去って、ブレア首相とアスナール首相に働きかけをして、三人でBUSHにむかって“過ちては改むるに、憚ること勿れ”と諭してほしい。

小泉首相は先ず、BUSHを改心させるために両首相に働きかけて、アメリカを国連に引き戻し、国連主導による「国際社会の協調体制」を確立する。
次に、テロ行為に対処する「国際的な仕組み作り」に国連で早急に取り掛かりその後、国連主導で真の『イラク人のための、イラク復興支援』に着手することを強く強く提言するものです。

この提言に賛同される“志”のある方は、一緒に座ってみませんか！

＜追記＞最近、BUSHは「独・仏・露を復興事業から排除する」という声明を出した。言語道断だ！これではアメリカの経済的な利益の為にイラクを侵攻したことになる。日本の復興支援は『経済的な恩恵に預かる為』ではなく、『イラク人の幸せの為』であるはずだ。小泉首相はBUSHの狂った考えに対して、『話が違う』と早急に死をかけても諫めるべきだ。小泉よ動け！

TEL:044-987-0313　FAX:044-987-8996　川崎市麻生区　岡村隆二

ハンガー・ストライキのチラシ

唯一、このことを話したのは小僧時代の友人で、熱海から私を連れ戻しに来てくれた麻井さんだけでした。

新宿西口の交番には事前に話をして「強制排除をしないように！」と、お願いしました。12月15日（月）にチラシを印刷し、12月16日（火）に頭を丸刈りにして、12月17日（水）から座禅スタイルで座り込む決意でした。

12月14日（日）に、娘の婚約者の実家（豊橋市）に、妻と娘の3人で挨拶に行きました。

その帰りの新幹線の中で、娘にもハンストの話をしました。

娘も完全に納得し、「八寿子と暁子で、応援するからね！」と、励ましてくれました。

会社も売却し、娘も結婚が決まり、「世の中の〝しがらみ〟から完全に解き放たれた私」にしかできない行動です。

私の行動を規制するものは何もなく、体面からも解放された「真の自由人だからできる事」――それがハンストでした。

12月14日（日）夜に豊橋から戻り、自宅の2階で、ヒマラヤ山脈のトレッキングで使った寝袋などの準備をしていた時に、「フセイン元大統領が捕まったよ！」と、テレビを観ていた妻が1階から叫びました。

私は、フセイン元大統領が捕まるなんて、夢にも思っていませんでしたから、「スペインの大統領が捕まったよ！」と聞こえたので、「また、大変な事になるな！」と思いながら1階に下りて行くと、何と画面にはフセイン元大統領の惨めな姿が映し出されていました。一瞬、頭が真っ白になりました。

今の今まで、「ハンストで衰弱して〝死〟に直面するかもしれない」と、覚悟をしていた自分の全身から、フニャフニャと力が抜けていくのを感じました。『勝てば官軍』の通りに、アメリカ国民が歓声をあげて、一瞬にしてマスコミをはじめとして、ブッシュ大統領を英雄視する方向に流れが変わりました。

私の主張は根拠をなくしたように感じました。

そこでハンストの作戦を中止せざるをえなくなりました。

今まで、断食の体験がなかったので、今後のために「断食を経験して、身体の変化を体験しよう」と思い立ち、伊豆の「1週間の断食コース」に、2004年（平成16年）1月11日〜1月17日の日程で参加しました。

2004年4月の人間ドックで〝貧血〟と言われた時に、「1月に、1週間の断食コースに参加しました」と伝えたら、担当の医師は「多分、それが貧血の原因でしょう」と判断しました。私自身も「貧血は断食コースのせいだ」と、納得していました。でも、実際は前述の通り、2004年11月に6センチの大腸癌が見つかりました。「1週間の断食コース」では、実際の断食は3日間で、徐々に回復食を食べながら元に戻していきます。

もしもフセイン元大統領が捕まらず、そのまま本格的なハンストを決行していたら、全ての身体の変化をハンストのせいにしてしまって、内視鏡検査もしなかったことでしょう。人間の〝思い込み〟の強さと危険性を痛感しました。「私はフセインに命を救われた」と、今でも思っています。

(2) 心の痛み――森田神経症

父親の神経質な気質を受け継ぎ、40年以上前から〝不完全恐怖〟と〝確認行為〟(ガス栓、水道の蛇口、戸締り、空調スイッチ、仏壇のロウソクの火など)に悩んできました。

最初のキッカケは、小学4年生の時に教室で物がなくなりました。その時に「顔が赤くなって、疑われているのではないか」という〝嫌疑恐怖〟でした。

それ以降、警察官を見ると顔が赤くなる〝赤面恐怖〟や〝吃音恐怖〟〝不潔恐怖(手洗い行為)〟〝性病恐怖〟などなど、まさに「森田神経症」のデパートでした。

*体験者はご存知の通り、一つの症状から解放されると、すぐ次の症状が頭をもたげてきて、次々と新しい症状にとらわれていっていました。つまり、沢山ある不安を一つに絞って、単純化していくわけです。

〈自己実現の人生〉

しつこくて、治りにくい強迫神経症の症状を抱えながらも、神経症の反対概念の

「発展向上欲」や「自己実現の欲求」も非常に強くて、前述したように、今から43年前に、「日本企業の国際化に対応するための人材養成」を狙いとして、「(株)海外放送センター」を創設し、経営してきました。

ベンチャービジネスという言葉もない頃で、ベンチャービジネスの先駆けでした。神経症の仲間に「森田神経症のデパートだった」という話をしたら、ある方から「森田のデパート経営をしながら、よく会社経営ができたわね！」と、冷やかされました。(笑い)

では、森田の強迫神経症の症状を抱えながら、何故このような「生き方」ができたのでしょうか！

先ず一番大切なことは、『『完全性を求める神経症の欲望』を、『向上心の欲望』に変えていくこと」です。

森田神経症者に特有な、「より良い人生を生きたい」という『人一倍強い〝生への欲求〟』が、「それを阻むもの」への恐怖心となって、戸締りや、ガス栓などへの〝不完全恐怖〟へと進み、確認行為を何度も何度も繰り返して〝完璧さ〟を求めていくという「心のからくり」です。この『人一倍強い〝生への欲求〟』を活用して、人生に活かしていけばいいのです。

例えば、仏教では「煩悩即菩提」といって、『煩悩が強い人ほど、菩提心（求める心）も強い』といいます。

また、親鸞の「悪人正機」の、「罪深い悪人が、『こんな自分でも救われる』とわかった時に、善人よりも強い求道心・菩提心が湧いてくる」と、いわれているのと同じことです。

或いは「**身に病ありといえども、心必ずしも病まず**」という強い精神で、「症状があっても、素晴らしい〝自分の人生〟にするのだ！」という、強い強い気持ちがあれば、神経症性格の特徴である〝粘り強さ〟と、最後まで諦めない〝しつこさ〟で、通常の人以上の力を発揮できるのです。森田神経症の方はどうか自信を持ってください。

重要なことは、自分の人生の目標をきちんと決めて、それを一歩一歩進めて、症状があっても「自分の人生を生ききること」です。〝成功した姿〟を鮮明にイメージして、生ききることです。

〈森田神経症の理論〉

森田神経症の症状には3つのタイプがあります。

(1) 普通神経症（神経衰弱・ノイローゼ）

不眠症・頭重頭痛・脱力感・胃腸神経症・小心取越苦労・尿意頻数・耳鳴り・注意散漫など

(2) 強迫神経症（強迫症）

対人恐怖・赤面恐怖・疾病恐怖・心臓麻痺恐怖・不潔恐怖・不完全恐怖・読書恐怖・計算恐怖・外出恐怖・罪悪恐怖・吃音恐怖・縁起恐怖・尖鋭恐怖・雑念恐怖・高所恐怖・閉所恐怖・火事恐怖……などなど。

(3) 不安神経症（発作性神経症）

心悸亢進発作・不安発作・呼吸困難発作・めまい発作など。

作家の倉田百三氏は、重い強迫神経症者でした。

彼の症状は、計算恐怖・統覚不能・不眠・耳鳴り・物象回転・連鎖恐怖・二物恐怖・輪郭恐怖・観照障害にと、次から次へと悩まされました。1つの症状を克服すると、次の症状が頭をもたげてきます。次から次へと……。

彼は、強迫神経症との壮絶な闘いを著書の『絶対的生活』（角川文庫）に書いています。

その中で、

「外的迫害に対して精神の力を集中して闘うことはなおむしろ容易《たやす》い。そこにはある緊張と祝福ある明るさがあって、内から精神を照らすものがあるからである。しかし迫害が精神そのものの機能の内にあるとき、その闘いははなはだ難い。それは真に内面的なる悪戦苦闘である。倦み、疲れ、白け、磨り禿げる。刀折れ、矢尽き、幾度か絶望的となって身を投げ出し、また起ち上がって努力を重ねてゆく。……」

「およそ苦しみに二種あります。一つは客観的に与えられる苦しみです。他の一つは〝自らはからうこと〟の苦しみです。この〝はからうこと〟の苦しみは意外に大きなものです。私は今や、やむを得ずしてこの〝はからい〟の苦しみを放棄したのです。そして純一に与えられる苦しみを忍受しようと決心したのです。……」

と強迫神経症との苦闘を語っています。

神経症の治癒とは、症状に対する〝とらわれ〟からの解放であって、症状それ自体が消滅することではありません。

森田療法の真髄は、

「〝はからい〟や不安や葛藤は、人間として自然なことである。『〝はからう〟けど、〝とらわれ〟を断つ』、これが〝とらわれ〟からの解放の道である」ということです。

例えば、戸締りをして「閉まったかな！　大丈夫かな！」と思う（〝はからう〟）のは、当たり前のことです。むしろ、「閉まったかな！　大丈夫かな！」と思わない方が異常です。

普通の人も〝はからい〟は頭をよぎり、出てくるが、普通の人はそのまま放っておく。そうすると心が流れていく。神経症の人はそれに〝とらわれ〟て、心が流れなくなる。それだけの違いですが、症状にとらわれていると、これがなかなか難しいものです。

「ガス栓がちゃんと閉まっていないのではないか！」「鍵がきちんとかかっていないのではないのか！」などなど、被害が自分に降りかかってくるのを防御したいがために、私も〝種々のはからい〟を繰り返してきました。

そんな時に、「NPO法人 生活の発見会」の明念倫子さんが、第22回森田療法学会で、『強迫神経症を超えて——見えてきた強迫神経症の新しい世界』のタイトルで、森田神経症のカラクリを発表されました。

「普通の人がガス栓をチェックする場合は、ガス栓に目をやるや否や、瞬時に『閉まっている』という事実を認識することができます。ところが、確認行為に躓《つまず》いている私たちは、自分の目に信頼を置いていないので、ガス栓を見ただけでは『閉まっている』ということが実感できません。そのために、自分の頭で意識して『閉まっている』ということを判断しようとします。

つまり、強迫神経症に陥ると、確認の情報を『身体レベル（無意識）』ではなく、『自分の頭（意識レベル）』で納得しながら得ようとするのです」

「神経症とは、無意識のネットワークで行われている行為を、意識のレベルに引き上げてしまったため、行為が円滑に行かなくなった状態です」

と喝破されました。

続いて、明念さんは「五感に委ねた生き方」を提唱されて、本来、無意識の世界で処理すべきものを、〝意識の世界へ持ち込んだ癖〟、つまり〝頭で確認する癖〟を〝五感に委ねる新しい癖〟に「習慣化させられるか否か」が、キーポイントであると力説されました。
この明念さんの理論が、私に活路を与えてくれました。

これらの理論を学び、薄紙をはぐように神経症から徐々に解放されていきました。「いつの間にか〝五感の回路〟が自然に身についてくる」という状態になれば、まさに、ごくごく普通の一般人と全く同じ状態・状況判断となり、「うつ抜け」ならぬ「確認強迫抜け」の世界が出現します。

以上の考え方をもう一歩進めていくと、〝はからい〟は強迫観念であり、この強迫観念を持ちこたえるのが苦しいので、確認行為（強迫行為）に走ってしまうのです。
〝はからい〟（強迫観念）は、自然に出てくる感情だから打ち消すことはできないけれど、強迫行為は本人の自由意思で止めることはできます。この本人の自由意志で止められれば、「一度で、ガスの元栓が確認できた喜び」「一度で戸締りができた喜び」「一度で手洗いを終えられた喜び」などなど、「できたことに対する爽快感」が心の底から湧き上がってきます。

この日々の一つ一つの体験の積み重ねが、普通人と全く変わりのない「自然な行動」につながっていきます。これを習慣化させ、定着させれば、「確認強迫抜け」の新しい自分に生まれ変われます。

「神経症の治癒とは、症状に対する〝とらわれ〟からの解放であって、症状それ自体が消滅することではない」ということを実感できます。このままで、日常生活ができていれば、それでいいのです。

今から27年前に、私が50歳になった時、「これからの人生を、症状から解放されてスッキリ生きたい！」と強く思い、高良興生院に行き、阿部亨先生に面談して診察をしてもらいました。

症状を話して「50歳を契機にして、残りの人生をスッキリ生きたい……」と言ったら、烈火の如く怒鳴りつけられました。

その時は「お金を払って診察してもらっているのに、何故、怒鳴られるのか？」と、不思議に思って帰ってきました。

今、思うと「〝はからい〟は自然に出てくるものだから、一生スッキリはしないよ！スッキリしないまま、あるがままに生きていくしかないんだよ」ということだったのですね。

「症状を持ったまま、やるべきことをやる。それしかないんだよ！」ということだったのですね。

〈イメージ技法〉（岡村独自のやり方）

先に述べたように、『氣の活用研修』では、企業の管理職やスポーツ選手や学校教育の特別授業で、「氣の活用法」を講義と実技で指導してきました。

この研修は、武道の合気道から〝投げ技〟を取り除いて、日常生活での〝氣の活用法〟を教えています。

その研修の中で、イメージ・トレーニングとして、

（1）先ず、物事が完成した姿を〝現在完了形〟で鮮明に描くこと。

（2）次に、身体をそのイメージに重ねていくこと

を実技で指導しています。

これを「不完全恐怖」の確認行為に当てはめて、例えば「ガス栓が閉まった状態を心に描いて、つまりイメージして、それに目を重ねていくこと、つまり五感に委ねること」により、〝これ以上の確かさはない〟ということで、確認行為が止まるように

なりました。

また、『氣の活用研修』では、「我々の〝心の倉庫〟である潜在意識には、過去の経験・知識が集積されており、我々が現在やっている行動は、全てこの潜在意識に蓄えられた過去の経験・知識が現れたものだ」と、教えています。

（＊原始仏教の唯識《ゆいしき》論の「阿頼耶識《あらやしき》」を易しく教えています）

「心の倉庫」に、明るく、朗らかなものだけを入れていく。消極的なものを追い払う。「消極的なものは、〝心の鏡〟を曇らせる」などを教えています。

「消極的なマイナスの想い」が出てきたら、修験道の山伏が実践しているといわれている『息吹《いぶ》きの行』で、妄念を一刀両断のもとに吹き消して、プラスの材料のみを「心の倉庫」に入れていくことを、実技で指導しています。

中村天風師の『さし当たる、事柄のみをただ思え、過去は及ばず、未来は知られず』の通り、「現在（今）やっている行動が、将来（未来）の材料を仕込んでいるんだ」ということを体得させます。

これを強く認識すれば、「今やっている行為が、5年後、10年後の未来の材料を『今、仕込んでいる』ということになり、マイナスの行為がストップせざるをえなくなります。

また、中村天風師の〝命令暗示法〟である「鏡に映る自分の顔に、自分のなりたい状態を命令的な言葉で言う。例えば『お前は信念が強くなる！』『お前はもっと元気が出る！』『〇〇のクセは、もう治った！』などと発声して、命令する」という技法も伝えています。

（＊ただし、一回につき一事項だけにすること。また、命令したことが現実化するまで、同じ命令を続けること）

幸田露伴の「努力論」には、

「人には〝器〟と〝非器〟とがある。（＊『氣の活用研修』で教えている〝心と身体の関係〟と同じことを述べている）……今日こそ古い自分との〝決別記念日〟……古い自分を斬り伏せ、〝新しい自分〟を生きる。自己を新たにする第一の工夫は、新たにしなければならないと信じることのために『古いもの』を一刀両断のもとに切って捨て、跡形もなくしてしまうことである。〝昨日の自己〟さえ切って捨てさえすれば、明日の自己にはその症状はもうない。激変を与えるのだから、心身共に楽ではない。

つらいけれども、これを乗り越えないと永久に自己改革は不可能である」と述べて、決然として、古い自己と決別し、大きく生まれ変わった新しい自己を発見することの重要性が書かれています。

〈森田理論から「森田生活理論」へ〉

23年ほど前の「第15回森田学会」で、講演された『神経症の時代―わが内なる森田正馬』（文藝春秋）の著者である東京工業大学（当時）の渡辺利夫先生に、講演後に「渡辺先生ご自身も神経症ですか？」と質問しました。答えは「森田療法は単なる神経症に留まるものではなく、現代では誰にでも当てはまる〝人生観〟〝死生観〟です」と、言われていました。

私の神経症の症状は、40年以上連れ添ってきた妻にも、ここまで詳しくは伝えていません。

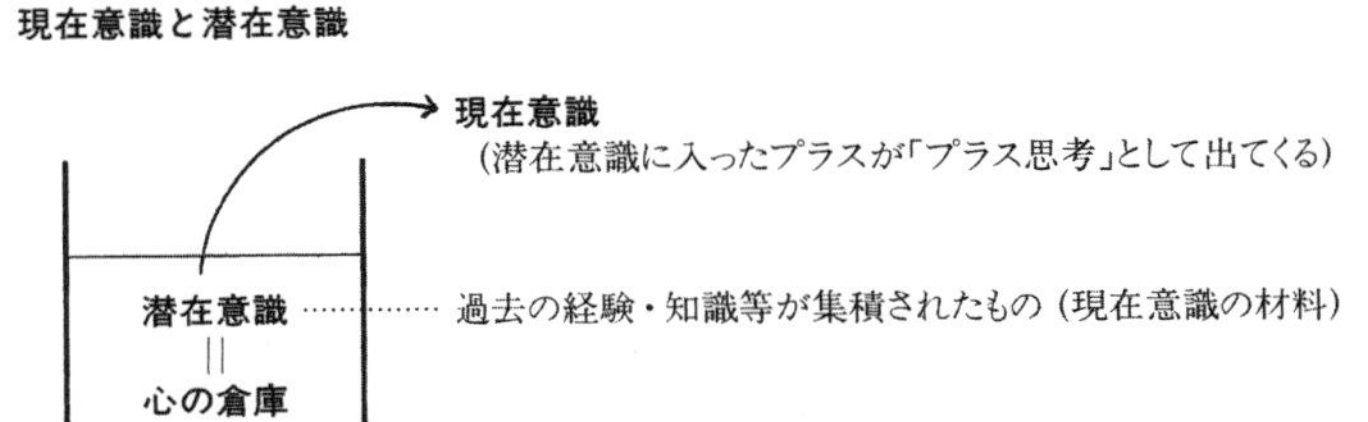

心の倉庫（潜在意識と現在意識）――「氣の活用研修テキスト」より

それなのに、今回公表したのは、数年前の「ＮＰＯ生活の発見会」の機関誌に発表された、仙台の女性公務員が書かれた強迫神経症の強烈な体験を読んだからです。その最後に「症状が一番ひどかった時、私は何度も自殺を考えました。でもその時、自分のこの経験が、いつの日にか、似た苦しみで悩む誰かの為に、ほんの少しでも役立つことがあれば、その時の為に生きてみようかと、その一点において踏みとどまったことがあります……」と結ばれていて、私は感動しました。

また、２００５年（平成17年）10月の「ＮＰＯ生活の発見会」の集談会に、高校生の息子さんを連れてきた母親が「２人で死のうかと何度も思っていた……」と発言され、私は心が痛みました。

新型コロナ後の社会は、ますますストレスの多い世の中になり、神経症で悩む方がどんどん増えるのは目に見えています。ストレス社会では、誰でも「神経症にかかる可能性」は大です。

その方々に「症状を持ちながらも、それを乗り越えて、自分らしく、自分の人生を生きる力」を教えられるのは、『森田神経症で実際に悩み苦しんだ当事者である我々』だと確信しています。

一人でも多くの方が、神経症の当事者として「ご自分の成功体験」を語り、苦しみの最中にある方々に「夢と希望」を与えることができればと思っています。

私の体験や「生き方」が、これから前向きに人生をとらえていこうとしている方々の参考になれば幸いです。

★不安神経症・対人恐怖症・強迫神経症などでお悩みの方は、自助グループの『NPO生活の発見会』にご相談されるといいですよ。
『NPO生活の発見会』は、森田理論の学習とその実践を通して、神経症の症状から立ち直るための自助グループです。全国130ヶ所に集談会があり、森田神経症の体験者がボランティアで助言してくれます。(https://hakkenkai.jp)

★新型コロナウイルスの感染が拡大する中で、2020年(令和2年)7月15日の朝日新聞朝刊に、「過度な手洗い 強迫性障害?」の見出しで、強迫性障害の記事が大きく掲載されていました。
「……強迫性障害は意識しても避けられない不安などの『強迫観念』と、不安な気持ちを打ち消すために過剰に繰り返す『強迫行為』を特徴とする心の疾患の一つだ。代表的な症状は『汚染・洗浄』に関するもの。電車のつり革に触ることでウイルスへの感染が心配になり、何度も手を洗う。トイレ後に、手洗いやシャワーを繰り返すなどがある。……」という内容でした。

★新型コロナウイルスの拡散で、強迫観念にとらわれて、手洗いが止められないという強迫行為を繰り返す「不潔恐怖」や「不完全恐怖」の症状がある方や、ストレスが蔓延する現代社会で、不安神経症・パニック障害・うつ病などの症状に悩まされている方々も、前記の『NPO生活の発見会』に相談してみると解決法が発見できますよ。

映画「ビューティフル・マインド」（２００１年）で描かれている天才数学者のジョン・ナッシュ氏は、30代で精神分裂病を発症し、長年苦しんだ後、66歳の時「ナッシュ均衡」理論で、ノーベル経済学賞を受賞しました。私は映画を２回観ました。（1度目は1人で、２度目は妻と２人で）

この映画は、統合失調症や不完全恐怖（ガス栓や戸締り）の強迫神経症に悩み苦しんでいる方に、快復への希望と勇気を与えてくれます。ジョン・ナッシュ氏が統合失調症を乗り越えられたのは「あるがままの姿勢（症状との共存）」です。

『統合失調症を乗り越えて、ノーベル賞受賞』……これほど勇気を与えてくれるものはありません。

平成14年4月21日の朝日新聞の『天声人語』でも、以下の通りに大きく取り上げられました。

20代で数学者として頭角を現し、30代で精神分裂病を発症、長く苦しんだあと奇跡的に快復し、66歳でノーベル経済学賞を受けたジョン・ナッシュ氏の半生を映画「ビューティフル・マインド」は描いている。米国の名門プリンストン大学で孤独に数学に取り組み、ついに現在「ナッシュ均衡」として知られる新しい理論を生み出す。思い通りの研究職に就くことができ、結婚もする。そのころから暗号解読の才能を政府に買われ、秘密任務に精を出す。この任務が、話の展開のかぎになる。次第に常軌を逸していく行動。周囲から不可解と見られる振る舞いが、本人にとってはやむにやまれぬものであることを描きだす。

数学者と精神病と聞くと、G・カントールが思い浮かぶ。19世紀後半に「無限」の正体を突き止めようと奮闘した天才は、中年期からシェークスピアは実はF・ベーコンであるという説の証明に没頭し、精神病院で生涯を終えた。ナッシュ氏が妄想の世界から戻れたのは、20世紀の精神医療のお陰なのか。映画の元になった伝記の著者シルヴィア・ナサー氏は、そんな単純な見方はしない。快復の要因の特定は難しい。入院治療が自殺を防いだ可能性を認めつつ、その後のほとんどを病院の外で暮らしたのがよかったのかもしれないと見る。伝記によると、妻アリシアさんは必要最低限の世話だけして、うるさいことは何も言わなかった。それが夫に一番良いと見抜いていた。『あれこれ考えないことです。なるようにしかならないのですから』。その境地には頭がさがる。

という内容でした。

私は、すぐに『天声人語』氏に手紙を出しました。

天声人語　担当者殿

前略

4月21日の「ビューティフル・マインド」の記事を読ませていただきました。

私は強迫観念や確認行為の〝森田神経症〟をもちながら、23年間オーナー社長として会社を経営してきました。昨年、会社を譲渡してＮＰＯ法人を立ち上げ活動しています。

私は、この映画を2度観ました（1度目は1人で、2度目は妻と一緒に）。

この映画は、統合失調症や不完全恐怖（ガス栓や戸締りなど）の強迫神経症に悩み、苦しんでいる方々に、「快復への希望と勇気」を与えてくれます。

ジョン・ナッシュ氏が統合失調症を乗り越えられたのは『症状との共存』です。

私の40年近い体験から、症状は治りません。でも、症状と闘うのを止め、症状を相手にしなければ良いのです。

映画の場面でもノーベル賞授賞式のシーンで、ナッシュ氏の妄想は最後まで出てきましたが、彼は妄想を相手にせず、そのまま「あるがまま」に受け入れ、共存して乗り越えたのです。

ストレスの多い現代社会では、子供から大人まで、心身症に苦しんでいる方が大勢います。

そんな方に是非、この映画を薦めてください。私も他人に話せず、40年間も苦しんできました。

最後にご存知かと思いますが、森田神経症で苦しんでいる方の自助グループで「生活の発見会」という全国組織があります。

『統合失調症を乗り越えてノーベル賞を受賞』……これほど勇気を与えてくれるものはありません。この映画を広く啓蒙してください。

草々

この手紙に対し『天声人語』氏から、折り返しお返事をいただきました。


いつも『天声人語』を読んでいただき、感謝しております。

この度は、お手紙をありがとうございました。

当コラムが少しでも読者のために役立っていると知り、光栄です。

また、貴重な体験談も興味深く拝読させていただきました。

精神病とたたかっている人たちのためにも、頂戴いたしましたご意見は、また今後のコラム執筆に生かして参りたいと思います。

簡単ながら、お礼まで。今後もさらなるご叱咤、お力添えをいただければ幸いです。

朝日新聞論説委員室　『天声人語』担当

という内容でした。

＊雅子皇后さまは、適応障害という「心身の症状」に悩まされ続けてこられましたので、〝他人の気持ちがよくおわかりになる〟素敵な皇后さまになられることでしょう。大いに期待していますよ。

第三章

死

(1)自分との和解――自己受容(そのまま、あるがままに受け入れること)

◎「生きること・老いること・そして死ぬこと」

２００４年(平成16年)12月に、大腸癌の摘出手術で入院していた時、月刊「文藝春秋」新年号に〝理想の死に方〟というテーマで、各界著名人58名が執筆されていました。

その中で、数名の方が〝癌で死にたい〟と述べていました。

それを読んだ時、「確かに脳溢血や痴呆で、脳をやられて、自分の尊厳を見失って死ぬよりも、意識がキチンとしていて死を迎えたいから、癌になったのも悪くはないな！」と、思えたのは実感でした。

見舞いに来た妻が「天は平等だね！」と言い出しました。

「何を言っているの？」と聞き返したら、「今まで、全てが上手くいきすぎたのよ！あまりに上手くいったから、天が試練を与えたんだよね！」と言いました。

その言葉を聞いた時「〝最も身近にいる人〟が、自分の生き方を、全面的に認めてくれていた！」という喜びから、〝自分との和解〟ができ、徐々に癌になった自分を受け入れる〝自己受容〟ができてきました。

　また、癌でこのまま死んでも「死んだら大好きだった母に会えるんだ！」という心境から、「死を見つめて、生きるのも悪くないな」という気持ちと、「最後まで生ききる希望と、いつ死んでもいいという諦観」即ち〝生死一体〟〝生死一如〟の境地に至れたことは、大事に育ててくれた母のお陰だと感謝しています。

　私には、母を想う特別の感情があります。

『愛する母への感謝状～あらためていま母を想う～』

　２００５年（平成17年）12月に、『**愛する母への感謝状～あらためていま母を想う～**』（かんき出版）という本が出版されました。聖路加病院の故日野原重明先生をはじめとして、各界の方々１２８名が『母への想い』を熱く語っています。

　私も「**お檀家に〝死に様〟**を見つめられれ

て！」というタイトルで、書かせてもらいました。母は臨終の時に、痛みもなく、意識もしっかりしていて、見事な最期でした。

〈母を語る〉タイトル「お檀家に〝死に様〟を見つめられて！」

母は平戸市から船で40分かかる、大島という人口１５００人ほどの小さな島の浄土宗寺院の住職の妻でした。〝肝っ玉母さん〟の見本のような太っ腹な人で、その包容力で島中の人に愛されていました。

平成８年３月31日に脳溢血で亡くなりましたが、４月１日生まれでしたので、丸々80年丁度の生涯でした。

お檀家の方々が「お寺の奥さんがどんな死に方をするのだろうか！」と、母の〝死に様〟を見ている中での最期でした。母も日頃から「自分の死に方は、お檀家さんに見られているから……」と言っており、「持病の動脈瘤が破裂して、血を吐いて死ぬのではないか！」と、それだけを気にかけていました。

３月27日の夜、お檀家のオバアチャンたちと大好きな花札をやり、お土産をもらって帰ってきました。翌日は本堂の仏様にお仏飯をあげて、朝食を食べ、いつも通りに自分の部屋で横になって休んでおりましたが、いつまでも起きてこないので、兄が心配して見に行ったところ、昏睡状態になっていました。

母は延命措置で植物人間になることを最も嫌がっていました。意識の回復の見込みもなかったので、我々兄弟姉妹も「早く、父がいる極楽浄土に行きなさい」と後押しをしました。

3月31日夜、動脈瘤が破裂することもなく、お檀家のオバアチャンたちのお念仏に送られながら、極楽浄土へ旅立って行きました。苦しみもなく見事な最期でした。

息を引き取る間際に、一雫の涙が母の頬をつたって流れました。立会ったお医者さんが「感謝の涙を流されたのですよ！」と言っておられました。

一周忌で大島に帰った時、お檀家のオバアチャンが数字を書いたシワシワの紙を持ってきて「これは倒れる前日の3月27日に、お母さんが計算した花札の点数表ですよ」と、見せてくれました。死の間際まで島の仲間とともに、人生を愉しんだ母でした。

私は昨年暮れに、突然「大腸癌」を告知されました。その際「死んだら大好きだった母に会えるんだ！」という心境から、「最後まで生ききる希望と、いつ死んでもいいという諦観」即ち〝生死一体〟〝生死一如〟の境地に至れたことは、真に母のお陰だと感謝しています。

２００５年７月15日

ＮＰＯ法人　氣の活用コム

理事長　岡村　隆二

＊43年前に、67歳の時に肺癌で亡くなった父は、末期癌で苦しんでいた際に、母から「お檀家さんが見ていますよ！」と言われて、痛みの苦しみにじっと耐えていました。

私は大腸癌手術後、〝死〟を身近な問題として考えるようになり、種々のセミナーにも参加するようになりました。その中のいくつかを、私のコメント（考え）をつけて述べます。

●天外伺朗氏の講演「大学体育養生学会」２００５年3月5日（＊は岡村のコメント）

〈ユングの哲学〉

ユングは自らを「魂の医者」と言った。

〝病気は意識の成長・進化のプロセスだ（気づき）〟

〝病気を通して、人間の意識は進化し、成長するのだ〟

〈実存的変容〉（ユングが提唱した）

(1) 病気が治ってよかったなぁ！

(2) 病気になってよかったなぁ！

実存的変容とは、病気になって、根源的な変化をとげること。その結果「病気になってよかった」という心境になる。

〈私のコメント〉

＊　最初は「何で私が癌に！」と、全く信じられなくて、苦しんだ。

＊「生老病死を真剣に取り組め」というメッセージだと受け止めた。

＊「死を見つめて生きることも、悪いものではない」という実感。

＊　自分との和解への道。

(1) 何故、自分がこのような目にあうのか！　という葛藤。
(2) 時間の経過で、そうなった必然性に目覚める。
(3) 和解・自己受容。

＊結論……最後まで生きる希望と、いつ死んでもいいという諦観
「我らは、いずこより来たるや。いずこに去るや。」（ゴーギャンの絵のタイトル）
「涅槃から出て、涅槃に戻る」「虚空に帰る」「世の中の宗教・哲学は宇宙とつながり、一体となり、宇宙に戻る。」

●波動医学協会　設立シンポジュウム　２００５年３月６日（＊は岡村のコメント）
意識は、時間・空間を超越し、エネルギーと意向を持った存在だから、〝相手にとって有益だと思う時〟その想いは確実に相手に届く。
＊氣を送る・愛を送る・祈る、も同じこと。私の大腸癌のケース。

〈癌の原因〉……心因的要因が58％を占める。（我慢・辛抱するタイプ、恐怖心・劣等感・絶望感など）

＊私と同時期に、大腸癌を患って亡くなった二子山親方のケース……親方は家庭の問題（夫婦・親子関係）、相撲部屋の問題など、多くの心因的要因を抱えて入院していた。
＊「心身一如」だから、必ず身体に症状として出てくる。
＊生き方、生活習慣の方向転換が最重要だ。
「未来は決まっていないこと」を確認する。今日一日を喜んで生きること。
＊〝心身統一〟を創建された中村天風師も「さし当たる、事柄のみを、ただ思え、過去は及ばず、未来は知られず」と、〝今〟〝いま〟を大切にすることを、常に説かれていました。

●「いい一生とは何か！」……諸井 薫

朝、目が覚めて格別の屈託もなく（肉体的な苦痛は消えていないだろうが）、「今日一日、納得がいく生き方ができそうだ！」と、自分で確認できたら、それだけでいいと思えるようになれそうだ。

〝葉隠〟に「死ぬことと見つけたり」とあるように、「いつ死が、我が身に訪れてもたじろぐまいと覚悟を定めて、今日一日に立ち向かう」という武家の哲学とは、つまりこういうことかもしれない。

●吉田兼好の徒然草「生きること、老いること」……中野孝次

『いまだ、まことの道を知らずとも、縁を離れて身を閑かにし、事にあづからずして心を安くせんこそ、しばらく楽しぶとも言いつべけれ』（徒然草 第七十五段）

『直に万事を放下して道に向かう時、障りなく所作なくて、心身永く閑かなり。』（徒然草 第二百四十一段）

兼好にとっては、この「心身永閑」こそが最も願わしい生の状態であり、「日々生きて、今あることを楽しんでこそ、人は生きていると言えるのだ」と、考えていたようである。

心が充実して、平安であって、鳥の声、風の声に天地宇宙を感じ、思い深く生きるのがいい。それこそが「人間の最上の幸福なのだ」と、いっているかのようである。

『存命の喜び、日々に楽しまざらんや。』（徒然草 第九十三段）

これこそが兼好の思想の中心にあるものだった。〈世を捨てる〉〈世の束縛を逃れる〉とは、〝生きていることの喜びを日々感じて生きる〟ためだったのである。

●良寛の詩

生涯、身を立つるに、ものうく　　誰か問わん、迷悟の跡
騰々、天真に任す　　何ぞ知らん、名利の塵
嚢中、三升の米　　夜雨、草庵の裡
炉辺、一束の薪　　雙脚等間に伸ばす

たった三升の米と、その日の暖をとるための薪しかない草庵の中で、屋根を打つ雨音を聴きながら、二本の足を長々と伸ばして、これ以上の満足の時はないと感じ、充足している。塵ほどの財産のない悠々たる心こそ、人間の最も自由な、充実した時であろう。

良寛は無所有こそ自由に最も近く、草庵の簡素こそ、自然と最も共感しうる生であることをその詩や歌にうたっている。

山川草木がその心であり、蛙が鳴き、鳥が歌うのが自分なのである。

●西行の歌（＊は岡村のコメント）
「願わくは 花のしたにて 春死なん そのきさらぎの 望月のころ」
〈できるものなら、（釈尊が入滅されたという旧暦の）春は二月の、満月の頃に（十五日、現在の暦でいえば四月上旬）、桜の花の下で死にたい〉

＊『氣の活用研修』で、実技指導している〝成功したイメージを強く描くこと〟につながる。強くイメージしたら〝思考は現実化する〟ということです。（想念の力）
＊西行が望み通りの時期に、死を迎えられたのは、「一つのことに執着すること、こだわり続けること」の強さでもある。（〝強くイメージする〟ことと、同じ結果になる）
＊ある説では、「西行については、〝激しく執着する心、即ち執心〟がその極において、〝一切の執着を離れた心、即ち無心〟に転化したのである」という説もある。
＊無心に二つの意味がある。という説もある。
(1) 一切の執着を離れた心
(2) 無我夢中になる心、つまり「無心に遊ぶ」など。執心が無我夢中になり、無我夢中が無心になる。

(2) 生老病死における〝氣の活用法〟

『氣の活用研修』では、「心が身体を動かす」「念（イメージ）が先行する」ということを実技で体得してもらいます。

第二章の（2）心の痛み――森田神経症で述べた〝イメージ技法〟（182頁参照）もその一つです。

〝成功したイメージをつくる〟という実技指導では、「ものごとを成し終えた姿（成功した姿）を、現在完了形で思い描くこと」を教えます。つまり、「既にそうなっている情景を完了形で、強くイメージすること」を、実技指導します。

「理想的な姿」「あらまほしい（そうありたい）姿」を真剣に強くイメージすれば、そのことは「現実化」します。つまり『氣の活用研修』では、詩人坂村真民さんの「念ずれば、花開く」や、ナポレオン・ヒルの「思考は現実化する」などを、単なる言葉で説得するのではなくて、身体で体得させます。

〝哲学を学ぶこと〟ではなくて、〝哲学すること〟を体得するのが『氣の活用研修』です。

西行法師の歌は、西行法師が強く強く望んで、念じた結果、望みが叶えられました。
真剣に心に描いたことは、本当に実現するのです。

(イ)「氣の全身呼吸法」

『氣の活用研修』では、大自然に遍満するエネルギーを自分の中に取り込む方法として、「氣の全身呼吸法」を実技指導します。

「氣の全身呼吸法」では、シャワーで身体の外を洗うように、〝氣〟で身体の中を洗います。

〈呼吸の仕組み〉

◎外気(酸素)を肺まで運ぶ……………………外呼吸
◎肺から60兆の一つ一つの細胞に、酸素を運ぶ………内呼吸

腹式呼吸法や胸式呼吸法では、肺は綺麗になりますが、「氣の全身呼吸法」では、この外呼吸と内呼吸と皮膚呼吸を同時に行い、60兆〜70兆の細胞の一つ一つに新鮮な酸素を送り込み、氣で体内を洗い、免疫力や自然治癒力を高めて、〝氣が流れる身体〟にする呼吸法です。

『吐く息は天地よろず世に及び、吸う息は腹内の寸分の内に収まる』という全身呼吸

法です。

〈氣の全身呼吸法の仕方〉

(1) 吐く……口を「ハ」の字に開けて、静かに長く吐く（約15秒）。
頭部の息から順に胸・腰・脚・足先へと、順番に息が出ていくイメージで吐く。

吐く息が十分に静まってきたら、上体をわずかに前にかがめて、残りの息を無理なく静かに吐ききる。

(2) 吸う……鼻の先端から匂いをかぐように、静かに長く吸う（約7～8秒）。
吸った息が足先から入って、脚・腰・胸・頭と順々に満たされるイメージで吸う。

天地・大自然の精気を体内に吸収する。吸う息が十分にしずまってきたら、上体は元の位置に戻る。

この時、後頭部まで、さらに酸素が「スー」と吸い込まれるのを感じる。

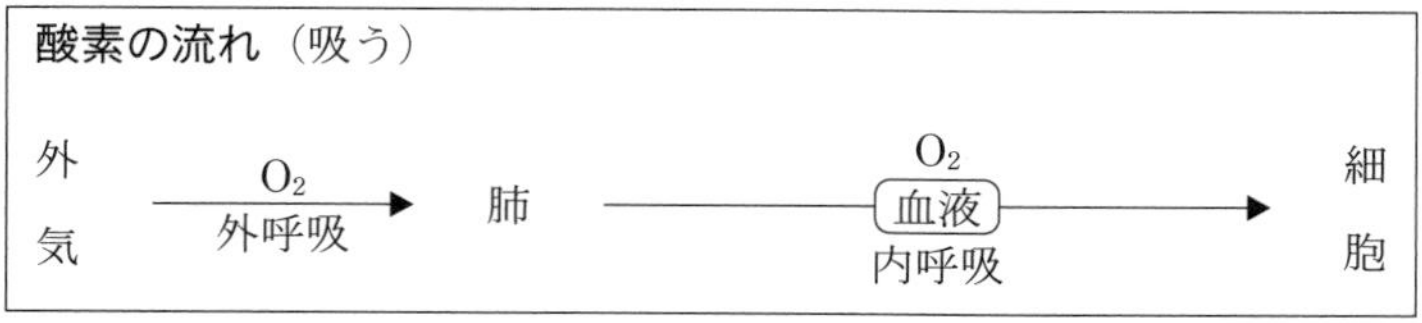

「氣の活用研修テキスト」より

足先から頭部まで酸素を流して、体内を氣で洗う（脳の活性化）。

＊吐ききったら〝吐く息〟と〝吸う息〟が、ぶつからないために、2～3秒間、静止してから吸い始めること。

〈姿勢〉肩を大きく上下させ、力を抜いてリラックスして「フワッ」と座る。

医学博士で医師の塩谷信男先生は著書『100歳だからこそ伝えたいこと』（サンマーク出版）で、呼吸について次のように述べています。大切なことなので、長くなりますが引用します。

「……呼吸によって、全身の細胞に新鮮な酸素、十分な栄養が行き渡り、体の細胞は活性化されて、自然治癒力や免疫力が増強されることになるのです。

細胞の健康はそのまま全身の健康です。全ての病気はつきつめれば、細胞の機能不全や抵抗力の低下に原因が求められます。

したがって深い呼吸によって、フレッシュな酸素を全身の細胞に絶えず送り込むことで、身体のあらゆる機能が向上して、健康度はどんどん増していくのです。

とりわけ脳は人間の体の中で最大の酸素消費地です。脳細胞だけで1日約120リットルの酸素を消費するといわれ、体全体の消費量の5分の1を占めています。したがって酸素の供給が不足すれば、脳細胞の働きは衰えて、老人ならボケや痴呆につながってしまう。逆にいえば、呼吸によって酸素をたっぷり補給してやれば、脳の老化を防ぎ、ボケや痴呆知らずの若々しい頭脳活動が保たれることになります。

……ちなみに酸素を沢山とると、体内に活性酸素が発生して、かえって健康に悪いのではないかと心配する人がいますが、この心配はご無用です。人間は深い呼吸をしたくらいで酸素過剰になることはありません。……息をするとは、〝宇宙を深く呼吸する〟こと。宇宙の無限の氣、コスモスエネルギーを体内に自然に取り込む行為です。……」と、述べて〝調息〟〝調心〟〝想念（イメージ）〟を説かれています。

ついでに、〝想念（イメージ）の力〟につい

「氣の全身呼吸法」指導の様子

て、この本の中で、塩谷先生の実体験を書かれています。以下に引用します。

「80代の半ばから始まった前立腺肥大症は、念じても治らず、ほとんど尿が出なくなった。なぜ治らないのか、私は想念とイメージの強さが足りないのだと気づき、さらに強く念じ、尿が勢いよく出るのをイメージした。その結果、一週間後にはもう治ってしまった。……」

『氣の活用研修』で、実技指導している「成功したイメージをつくる」「ものごとを成し終えた姿（成功した姿）を現在完了形で思い描くこと」と、全く同じことを述べています。


本題に戻りますが、心身統一した状態での「氣の全身呼吸法」によって、大自然のエネルギーを自然に体内に取り込むことができます。

この時に、自分と外界のバリア（境界）がなくなり、大自然のリズムと自分のリズムが一致して、**『我が天地か、天地が我か』**の〝**天地一体の至妙境**〟に至ります。

その結果、「心身一如」を体得できます。

「心身一如」を体得できれば、心身の痛みから解放され、人生の最期まで〝意識がしっかりしていること〟を、成就できます。

つまり、「深い心身統一」➡「心身一如」➡「天地と一体」➡「痛みと一体」➡「生死一体」➡「心身に苦痛のない状態」➡「善導大師の〝発願文〟」

大切なことは、〝そうなることを強く念じること〟です。

(ロ) 善導大師の『発願文』

古来、修行者はこの「心身一如」を求めて、山にこもり、滝に打たれて修行をしてきました。

先に述べたように、私も若い頃に埼玉県の平林寺で座禅を組んで、「心身一如」を求道してきました。

お念仏や座禅で求めてきた「心身一如」が、20代後半から始めた心身統一合氣道という『別の登り口』から上ってきたら、途中途中で「仏教の根本哲理」に突き当たってきました。頂点では「心身統一」と「心身一如」が完全に合致してきました。

また、私は小学3年生の時から、父にお供してお葬式や枕経に行っていました。枕経では、善導大師の「発願文」を必ずお唱えしていました。

子供の頃は意味もわからずに唱えていましたが、今、このお経の意味と、『氣の活用研修』でやっている「心身統一」➡「心身一如」が結びついてきました。

善導大師の「発願文」

「願わくは弟子等、命終の時にのぞんで、こころ顛倒せず、こころ錯乱せず、こころ失念せず、身心に諸々の苦痛なく、身心快楽にして、禅定に入るがごとく……」

〈岡村説〉

「心身統一」から、深い深い「心身一如」の状態になれば、

①善導大師の「発願文」前段の、「……命終の時にのぞんで、こころ顛倒せず、こころ錯乱せず、こころ失念せず。身心に諸々の苦痛なく、身心快楽にして、禅定に入るがごとく」の状態になります。

ここまでが、死ぬ前の現世の理想の状態、つまり『あらまほしい姿』

②臨終のお十念

③「発願文」中段の、『……仏の本願に乗じて、阿弥陀仏国に上品往生せしめたま

え』
ここからが、死後の極楽往生の状態、つまり『阿弥陀仏に任せきった姿』

④最後に、「発願文」後段の、『彼の国に至り終わって、六神通を得て、十法界にかえりて、苦の衆生を救摂せん……』

（ここからは、「千の風になって」の『還相回向の姿』）

ポイント……現世では「心身統一」
⬇「心身一如」の状態になって、
①『意識がきちんとしていて、心身の痛み

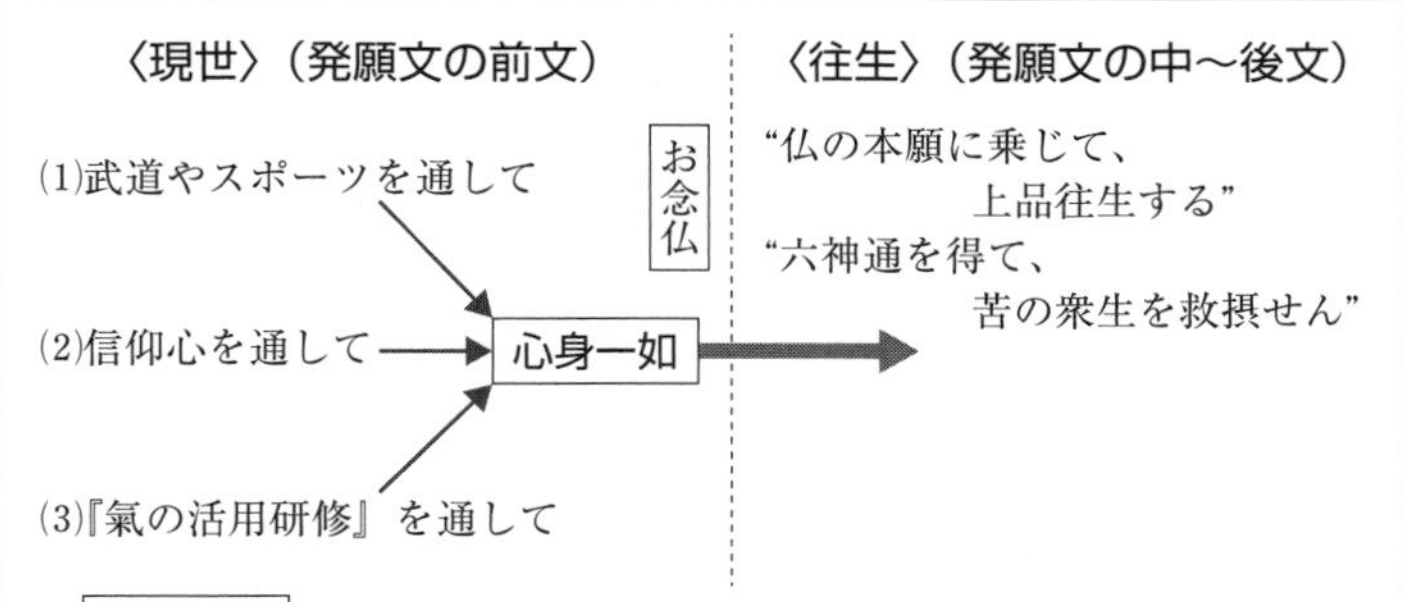

ポイント

現世では「心身統一」➡「心身一如」の状態になって、
①『意識がきちんとしていて、心身の痛みから解放されること』
②③『臨終のお念仏によって、極楽往生すること』
④『六神通を得て、苦の衆生を救うこと』

「心身一如への第三の道」の図　(3)『氣の活用研修』を通して

から解放されること』
②③『臨終のお念仏によって、極楽往生すること』
④『六神通を得て、苦の衆生を救うこと』

この理想的な〝そうありたい〟という心境を述べたお手紙を、「一般公開コース」を受講された、83歳のオバアチャンからいただきました。そのお手紙にはこう書かれていました。

「……私は、先生の枕経のお話で、善導大師の『発願文』の中の〝自分の死ぬ時の状態を願う〟いくつかの中の二つを実現したいと思いました。それは、**〝苦痛のないこと、意識のあること〟**です。とても難しいことと思いますが、先ず、自分がそれを〝識すること〟だと思いました。……幸田露伴の死はまさに自分を失っていないと、思い出しました。……」


この83歳のオバアチャンが願っていることは、まさに誰もが『あらまほしいこと』と願っていることですね。

（＊この方は、幸田露伴の研究をされている素敵なオバアチャンでした）

私の実弟が、２０１６年（平成28年）３月31日に、65歳で亡くなりました。弟は、30年前に胃癌の手術をし、その後はずっと元気だったのですが、数年前に肝臓と肺と骨に癌が見つかりました。

自宅で抗癌剤治療をしていましたが、３月18日に入院しました。10日後の３月28日（土）に、自宅に一時帰宅して、週末を自宅で過ごして、日曜日にお花見をして病院に戻ったのですが、翌日の月曜日の朝に、私の所に危篤の電話がかかってきました。

私はすぐ福岡の病院に駆けつけ、いよいよ臨終という時に、病院のベッドの枕元に父と母の写真を置いて「もう頑張らないでいいから、父と母が待っている極楽浄土に行きんしゃい！」と、九州弁で声をかけ続けました。

弟の身体は、３ヶ所の癌でズタズタの状態でしたが、２週間前まで好きなゴルフをして、意識は亡くなる２日前までしっかりしており、まさに「発願文」の通りの大往生でした。

これによって、遺された見送った遺族も癒やされました。

また、亡くなった３月31日は、本書１９８頁で述べた母の祥月命日と同じ日でした。

弟の戒名は、「櫻観院」です。

私は弟に、「氣の全身呼吸法」を教え、「身体は医者に治してもらい、心は自分で直す」という、強い気持ちを持ち続けることを言い聞かせてきました。弟は真剣に実践していました。

浄土宗では、亡くなったら、阿弥陀様の本願によって、お浄土へ生まれ変わり、極楽浄土で、先に亡くなられた方々に必ず会えます。（※阿弥陀経の「倶会一処《くえいっしょ》」）

私は、「大好きだった母に会える」という強い信念があるので、「生きてもいいし、死んでもいい」という『生死一体』の心境です。

浄土宗の信者は死後は全く心配はいりません。死後は大丈夫ですので、そこから「生」を見直して（死ぬまでは生きているわけですから！）『氣の活用法』を日常生活で、習慣化し、定着させていくことを提唱しています。

誰もが、臨終（命が終わるとき）の時に、

(1) 心身に痛みがないこと。

(2) 意識がきちんとしていること。

この2つが実現することを強く望んでいます。そのことを強く念じれば、実現します。

まさに「念ずれば、花開く」です。

私はそのために、〝死に向けて〟努力しています。

２００４年（平成16年）12月の大腸癌手術の体験を、「『氣の活用研修』で説いていることを、自分の身体で実験するいい機会だ！」ととらえて、〝最後まで生きる希望と、いつ死んでもいいという諦観〟で、乗りきりました。

『生死一体』『生死一如』の『生老病死』を体験し、〝死を見つめて生きるのも悪くない〟という心境に達しました。

私自身の人生体験から、「**自分の人生を〝強く生きれば、強く老いることができ、感謝をもって死を迎えられる〟**」と、確信しています。

この理想的な〝そうありたい〟という心境を、「『氣の活用研修』を受講して、実際に身体で体験された方々」は体得できています。（巻末２３６頁の受講者の感想文をお読みください）

最近、若者がニートやフリーターと称して、ズルズルと生きている姿が多く見られます。自分の人生を生ききっていないと、将来〝死〟に直面した時に、「自己受容」ができず、もがき苦しむことになります。

人生は〝今〟の積み重ねです。「〝今〟を全力投球で生きること」が最重要です。〝今〟です。

★2020年（令和2年）3月5日のNHKラジオ放送の番組「三宅民夫のマイあさ！」で、自殺対策支援センター代表の清水康之氏は、「ここ数年、自殺者は3万人を切って減少しているが、10代・20代・30代の自殺者は増え続けている。この年代の死因で一番多いのは自殺で、死因の半数以上を占めている……」と語り、「生きるのをやめる若者が増えている」と言っていました。

これからの活動

私たち夫婦は「本来無一物」の状態からのスタートでしたから、これからは徐々に身軽になって、〝簡素な生活（シンプル・ライフ）〟を楽しむことにしました。

一人娘も２００４年（平成16年）４月に豊橋に嫁にいき、嫁ぎ先のファミリーにも受け入れられて、大変可愛がってもらっているので、親としての責任も果たせたと感じています。

会社を譲渡して得た資金などで、一生涯、生活できるお金はありますから、手弁当でどこにでも出かけて行き、〝氣の活用法〟をお伝えします。

子供からお年寄りまで、元気がない現状は、まさに〝氣の欠乏症〟だと痛感しています。

これからは「ＮＰＯ法人 氣の活用コム」のボランティア活動で、日本全国に〝プラスの氣〟の種を蒔きながら、『生・老・病・死』の「それぞれの分野における〝氣の活用法〟」を、老若男女の全ての方々に、講義と実技でお伝えしていきます。

学校関係は、全て無料のボランティアでやらせていただきます。

★私が「成功の人生」を歩けたのは、『日本に全くなかった手法』を2つ編み出して、それを果敢に実践したからです。つまり、

(1) 企業の英語研修は「クラスレッスンなどの集合研修」と「通信教育」の両方の利点を活かして、「Man-To-Man の非集合研修」という手法を、日本で初めて生み出して、「業務に貢献している忙しいビジネスマンが、時間に拘束されずに、英語を習得する手法」として開発し、大手企業450社で実施していただきました。

(2) 氣の活用法は、それまでは合気道の道場で、武道の合気道を通してだけ教えていたものを、「合気道をされない方々にも教えたい！」という私の熱意／情熱で、合気道から〝投げ技〟を取り除いて、「氣の研修」として老若男女に教える手法を生み出しました。「氣の研修」は、大手企業200社が社員研修として、実施してくれました。

〈今後の活動の2本柱〉は次の通りです。
◎小・中・高・大学生に〝生きる力〟を体得させる『生』の分野。
◎高齢者に対する『老・病・死』の分野。

(1)『生』

学校教育において、「宗教教育が否定されている現状」に対して、『氣の活用研修』の〈易行道〉で、宗教ではない形態によって「心身統一」「心身一如」を教えていく。その結果、『青少年の〝生きる力〟』を涵養します。

具体的には、全国の小・中・高・大学生に、「〝人間本来の力〟の存在と、発揮の仕方」や「落ち着き方」「集中力」「ヤル氣の出し方」「真のリラックスの仕方」「正しい姿勢」「プラスの言葉・考え方」「生命の大切さ」「〝心身統一〟〝心身一如〟の体得」などを、講義と実技で伝えて、『自分自身に、自信をもたせること』を体得してもらいます。

本書132頁で述べた町田市立町田第五小学校での〈特別授業〉「ここ一番の底力〜心と体のビックリ体験〜」を、氣の活用コムで検索して「H23・01・19町田市立町田第五小学校の学年活動で実技指導」で是非ご覧ください。（感想文を沢山掲載しています）

(2)『老・病・死』

病への対応として

「心身統一」「心身一如」により、〝痛みを和らげることができること〟を、体得してもらいます。

「氣の全身呼吸法」により、60兆の細胞を活性化させ、免疫力や自然治癒力を高める方法を体得してもらいます。

老・死への対応として

「吐く息は天地よろず世に及び、吸う息は腹内の寸分の内に収まる」という深い「氣の全身呼吸法」により、〝天地・大自然の氣〟をことごとく体内に取り入れ、臍下の一点に収めて、「心身一如」を習得していただきます。つまり、前述した、「深い心身統一」➡「心身一如」➡「天地と一体」➡「痛みと一体」➡「生死一体」➡「心身に苦痛のない状態」➡「善導大師の〝発願文〟」を体得していただきます。

また、最期まで〝意識がしっかりしていること〟を、〝強く念じることの重要性〟を体得してもらい、そのために努力をすることを伝授します。

私は２０１９年（令和元年）８月８日に、宗教学者の山折哲雄先生と京都で面談しました。その時に、山折先生は「僧侶はどうして、生きている人間に引導を渡さないのか⁉」と、力説されていました。

この山折先生のご提案への回答は、まさに本書２１３頁で述べた善導大師の「発願文」の中にあります。

これからの「多死社会」に向けて、安楽死や尊厳死の問題が大きな課題として、クローズアップされてくることでしょう。

医者は患者の〝死〟については、抵抗があり何も話ができないでしょう。家族の死について、堂々と話ができるのはお坊さんしかいません。日頃からお檀家さん一軒一軒と〝家族の死〟について、心を開いて対話をして、真摯に対応しておくことが求められます。

〈佳氣《かき》満高堂〉

「佳氣満高堂（かきみつるこうどう）」という言葉がありますが、神社仏閣は元来、佳氣（佳い氣）に満ち満ちた高堂でした。各家庭が「佳氣に満ち満ちた家庭」をつくる努力を真剣にすれば、子供たちの問題は解決します。

今、親と子の関係が崩れて、子供たちがいろいろな問題を起こしていますが、その最大の原因は、「家庭が佳氣に満ちていないから」ではないでしょうか。

世界中に拡散し、大混乱を巻き起こしている「新型コロナウイルス問題」で、学校や企業などが休校や休業を余儀なくされています。

「予期せぬ時間」が与えられたのですから、この機会に『これからの人生』『家庭の在り方』『親と子の在り方』『働き方』などについて、深く深く真剣に考察され、関係者間で大いに議論されてはいかがでしょうか！

私は「心に描いたイメージ通りの〝過分な人生〟」に心から感謝しつつ、日本全国の老若男女が、もっともっと元気になられて、表情を輝かせて、活き活きと〝積極的なプラスの人生〟で、「自分の人生を、生ききる」ためのお手伝いができれば嬉しいです。

〝私がこの世に、生きていた証し〟として、「〝プラスの氣〟の種蒔き」をしていきます。

「佳氣に満ち満ちた家庭」➡「佳氣に満ち満ちた職場」➡「佳氣に満ち満ちた社会」➡「佳氣に満ち満ちた日本」になることを念願しています。

おじいちゃん　おばあちゃん
元気でいてね
たのしくしててね
かおり　きいちろう　たつ
これからもいっぱい遊んでね!
PUMA
妻・八寿子、孫たちとともに

あとがき

会社を経営している複数の友人から、「自分が創業した会社を、よく手放せたね！」と、言われました。

しかし、私は〝合理の世界〟では、仕事も遊びも真摯に全力で生きてきて、やりたいことを全てやり終えたので、〝合理の世界〟には、もはや未練がありません。

〝非合理の世界〟で、お金と時間を気にしないで、本来、最もやりたかった「〝心〟と〝身体〟に関すること」に取り組めている幸せを実感しています。

森田神経症の症状を抱えながらも、『心に描いた〝イメージ通りの人生〟』を歩けて、自己実現ができたことを感謝し、誇りに思っています。

現代社会では、子供から高齢者まで、『生きる力』『生きていく力』が弱くなっています。

「ＮＰＯ法人　氣の活用コム」のボランティア活動を通して、「自分にもこのような力があったのだ！」と、気づいてもらい、自分の人生を自信を持って闊歩できるように、老若男女の方々の手助けをしたいと思っています。

２００５年（平成17年）６月に、長崎工業高校 野球部で行った『スポーツにおける〝氣の活用法〟』は、「謝礼なし、羽田～長崎の航空運賃もなし」で、完全に私の個人負担でやりました。校長先生が「東京から、全て自己負担で指導に来るなんて、考えられない。何か裏があるのではないのか？」と、担当の先生に言っていたそうです。学校の講演では、謝礼や交通費なしのボランティアで、全国どこにでも行きます。

高齢者に関しては、２００３年（平成15年）に、埼玉県越谷市の「東彩会 生涯青春の会」で講演をさせていただきました。講演後の懇親会で、参加された70歳代～90歳代の方々が「人生の中で、70歳代が最も良かった。仕事や子育てから完全に解放されて、自分のための時間がたっぷりあり、お金もそこそこあるから……」と、口々に言っておられました。

私も77歳になり、このことを実感しています。

若い人たちが、将来に希望を持って、〝今〟を明るく元気に、一所懸命に生き続けて欲しいと願っております。その結果として、人生の終盤に「最高の幸せ」が待っていますよ。

最後に一言。
妻が、この原稿の校正を手伝ってくれていた時に、「私が隆二さんとの結婚を決意したのは、貴方が知り合った若い頃から、『生きる』ということを真剣に考え、常に真正面から人生に向き合っていた姿勢に、魅かれたのよ！」と言いました。
そういえば、この本の55頁の結婚を決めた時も、「お互いの『過去』『現在』『未来』を、徹底的に語り合って……」と書いており、87頁の離婚をやめた時も、「（娘と）3人で『過去』『現在』『未来』を真剣に話し合った……」と書いている。（笑い）

本書をまとめるにあたって、企画編集をしてくださった「文芸社」の皆さんと、『心に描いたイメージ通りの人生』を歩くことに賛同し、協力してくれた妻に心から感謝しつつ、筆をおきます。

２０２１年３月
岡村　隆二

巻末資料

1 『氣の活用研修』実施例（「NPO氣の活用コム」のHPで詳細を案内しています）

〈事例1〉スポーツ関係は、「NPO氣の活用コム」のHPのトップページで、左記のタイトルを検索してご覧ください。

H29・01・24 大正大学カヌー部と空手部で〝氣の活用法〟を指導。
H28・07・02 海老名南リトルシニア硬式野球クラブで、実技指導。
H28・03・23 蒲田女子高等学校「硬式野球部」で、実技指導。
H26・02・21 スポーツと、『心身統一体（心・技・体）』について。
H26・01・10「新春お正月の駅伝」と〝氣の活用法〟について。
H25・12・15 全日本実業団女子駅伝と〝氣の活用法〟について。
H25・07・29「K&M卓球ジュニアクラブ成果と実技指導。（2回目）
H25・07・20 玉川大学 女子駅伝チームに、「氣の活用」を実技指導。（3回目）
H23・06・29 関東学園大学 女子サッカー部で、〝氣の活用法〟を実技指導。

H22・10・24佛教大学「全日本大学女子駅伝」大会新の二連覇。（3回目）
H22・10・03カバディ競技日本代表選手に「氣の活用」を実技指導。
H22・07・31玉川学園バスケット・ボール部父母会で実技指導。
H22・05・01玉川大学体育会剣道部に〝氣の活用〟を実技指導。
H22・04・11駒澤大学体育会剣道部に〝氣の活用〟を実技指導。
H22・03・17佛教大学女子駅伝チームに「氣の活用」を実技指導
H20・02・25東海大学箱根駅伝チームに「氣の活用」を実技指導。

〈事例2〉寺院関係は、「NPO氣の活用コム」のHPのトップページで、左記のタイトルを検索してご覧ください。

R01・12・06三ヶ寺で「生老病死における〝氣の活用〟」実技指導。

H24・04・20函館市の浄土宗6ヶ寺で、〝氣の活用法〟を講演。

H28・03・26鎌倉市光明寺『観桜会』で〝氣の活用法〟を実技指導。

H27・07・23豊橋仏教会の『第50回暁天講座』で実技指導。

H22・05・22浄土宗青年会「北陸ブロック研修会」で実技指導。

H22・08・27天台保育連盟全国大会で「氣の活用」を実技指導。（写真多数有り）

〈事例3〉一般関係は、「NPO氣の活用コム」のHPのトップページで、左記のタイトルを検索してご覧ください。

H29・12・03地元の町田市で、〝氣の活用法〟の実技指導。

H28・12・04町田市の『まちカフェ』で、〝氣の活用法〟を実技指導。

H28・02・04『MSCボランティア・サロン』で、〝氣の活用法〟を実技指導。

H27・08・09世界スカウトジャンボリー参加のチェコ隊に実技指導。

H26・10・20千葉県中小企業家同友会で〝氣の活用〟実技指導。

H26・06・14『粋な女子道』メンバーに〝氣の活用法〟実技指導。(写真多数有り)

H25・10・05地元の町田市で、〝氣の活用法〟を実技指導。(3回)

H25・06・13〝実技指導の仕方〟を習得する『無料講習会』実施。(写真多数有り)

H24・06・07『あいち腰痛オペクリニック・伊藤整形/内科』で実技指導。

〈事例4〉学校関係は、「NPO氣の活用コム」のHPのトップページで、左記のタイトルを検索してご覧ください。


H29・05・11淑徳学園中・高等部で、〝氣の活用法〟を実技指導。

H28・01・14横浜市学校保健会『青葉支部大会』で実技指導。

H26・05・17中学校の新入学生と卒業生への『特別授業』。

H25・06・27横浜市学校保健会『港北支部総会』で実技指導。

H24・07・17「町田市立つくし野小学校」5年生全員に実技指導。

H24・02・17「東京私立中学高等学校協会」で講演と実技指導。

H23・07・28『岩谷学園』と、『玉大女子駅伝チーム』に実技指導。

H23・07・13『福島に元氣を！　3・11プロジェクト』その2。（感想文多数有り）

H23・07・12『福島に元氣を！　3・11プロジェクト』が実働を開始。（写真多数有り）

H23・01・19町田市立町田第五小学校の学年活動で実技指導。（写真と感想文多数有り）

2 『氣の活用研修』「一般公開コース」の感想文（要約）

◎岡村先生のお話は、人間の「生き方」そのものに関することだと思います。私はこれまで、かなり積極的に〝プラス思考〟で行動してきました。自分の「生き方」が正しかったことを確認できました。これからは今まで以上に〝プラス思考〟で、本の執筆、TV出演などの分野でも「氣を出す」「臍下《せいか》の一点に心をしずめる」などを、常に心がけたいと思います。研修を受けて本当に良かったです。（弁護士T・K氏）

◎心（ポンプ）＋身体（ホース）＋氣（水）による説明と、言葉が積極的か消極的かによって、瞬時に「氣」が流れたり、中断する実技に感動しました。これ程に重大でしかも貴重な事実を、まことに平易にさりげなく惜し気もなく、人々に分け与えていらっしゃる、そのお心の広さに深く敬服しております。（弁護士H・M氏）

◎全てに感動して楽しく受講でき、ワクワクしてしまいました。「人間の力はもっと凄い。自分はなりたい自分になれる」という自信がつきました。
これからの人生に氣を活用して、プラスの言葉で過ごしたら、どんなことが起きる

か楽しみでワクワクします。（主婦　E・Mさん）

◎離婚した過去は考えず、佳氣《かき》に満ちた自分になりたいと思います。そのための方法が体得できました。娘は10代前半で、この方法を学べて幸せだと思います。今まで自分のことを「バツイチ」と言っていましたが、これからは「マルイチ」と言います。（親子で参加された母親　A・Yさん）

◎全部に感動しました。その中でも「プラスの言葉・心」で人に接したいと思います。実技指導で「楽しい人生をおくりたいと思ったら、自分の心をプラスに使う」と言っていたけど、本当にそのとおりだと思いました。自分の行いで、人生が変えることができるので、『プラスの氣』を広げていき、プラスに受けとめたりできるようにしていきたいです。また氣の研修に参加して、他の人にも教えてあげたいです。（友達・先生など）。

（親子で参加された12歳・小学6年生M・Yさん）

◎4月17日に受講して〝よい氣〟をいただき、「プラス思考」で抗癌剤の治療のために入院しました。お蔭様で、副作用も先月より少なくてすみまして感謝しております。身体の許す限り講座に出席させていただきたいと思います。（73歳女性　K・Oさん）

◎「心身一如」「臍下《せいか》の一点」の実技に感動しました。病体である小生、心までも病んでおりました。と申しますのも、医学の発達した今日でも、癌といえば（早期発見ならばいざ知らず）不治の病であるとの観念にとらわれていたからです。（医師から余命については告げられていますが！）がしかし、テキストの「身に病ありといえども、心必ずしも病まず」という気概から、『心が身体を動かす』や、『氣を出す』の実技指導により、〝氣の力〟で信念をもって前進していきます。

最後に、この研修を受け、生きる希望というよりは、「生きる活力」を与えていただきましたことに深謝いたします。まさに、このNPOの存在感に感服の限りです。

（末期癌の65歳男性　K・Oさん）

◎この講義を受けることは正に、金銭には代えられない〝人生の宝物〟を得ることだと思います。「行の世界」に属するものが、理論的に解明されて、その上、実技まで一緒に示されたことは、正に、革命的なことだと思いました。戦後、物やお金にのみ重点を置き、無形のもの、精神や心の価値が忘れられた現在、〝本当の人間の価値を知る原点〟をみせていただいた気がいたします。何にもまして、先生のお人柄や、お考えの方向に私は一番感動しました。感謝しております。（83歳女性Y・Iさん）

◎人生の幸せとは！　お金や地位や物などが手に入ることではなく、自分の悩み、苦しみを乗り越えることが出来る強い自分だと分かりました。「病は気から」と申しますが、膠原病に負けず、自分なりにプラスのイメージをして、乗り越えて行こうと決意しました。今日、連れてきてくださったY・Iさんに感謝の気持ちでいっぱいです。（膠原病のT・Sさん）

◎中学生の子供とお父さんに「親子で授業を受ける機会」があると良いと思いました。町田市の講座でぜひ毎年、何度かやってほしいと思います。家の子供はスポーツをしませんが、そんな子供こそ受けて欲しい授業でした。大変ためになりました。（授業参観された小学5年生の保護者）

◎「心身統一の四大原則」をはじめ、沢山の言葉と実技で教えて下さったので、とても心に残りました。〝氣〟というものを本当に身近に感じることができました。東京からボランティアという形で来て下さり、「工業野球部が勝つために」と、いろんな事を考えて話をしてくれて、本当に熱意が伝わりました。自分はその熱意・期待している気持ちに必ず応えます。そして、王貞治の色紙をベンチに置き、目標である〝甲子園で校歌を歌う〟ために全力でやります。（長崎工業高校　野球部M・M選手）

◎私は高齢ですので、健康で年を重ねていきたいと願望しております。研修の中で、全身の力を完全に抜いて、リラックス状態にして、その上で全身呼吸法を行い、「心と身体のバランスを整える」という実技が最も分かり易かったです。
最近の若い人の中には、ヤル気のない人が多く見られます。教育者にもヤル気のない人が多いように思います。「〝氣〟の修練によって、こうした面も向上させていく事が出来るのではないか！」と思いました。そうした点で、「NPO氣の活用コム」が積極的に活動されている事を知り、非常に心強く思いました。尚、ご指導いただいた岡村代表の笑顔がとても素晴らしく感じました。私も今後、出来るだけ笑顔で人に接するようにしたいと、思っております。（気功太極拳　師範Ｍ・Ｏ氏）

『氣の活用研修』講習会に参加して

剣道教士　八段　佐藤二郎氏

私は50歳から、剣道八段の挑戦を始めました。

最初は前に出て攻め込んで打っても、何も評価されていないことに悩んでいるとき『氣の活用研修』と出会い、岡村先生から「人間には表に出ない内面の〝心の力〟が存在すること」を体験させていただきました。

剣道は自分の心と向き合い、剣を通して、相手の心と会話するものではないかと思います。

しかし、いざ対峙すると、気持ちが先行し、力が入りすぎて普段の稽古の通りにできません。

審査では、「緊張して頭に血が上り、その結果、十分に実力を発揮できずに終わった！」という経験は、私だけではないと思います。

『氣の活用研修』の体験によって、深呼吸をしながら〝臍下の一点〟を意識することで、自然体を作り、肩の力を抜き、全身の力《りき》みをなくして体を捌《さば》くようにもなりました。

心の安定が、相手の動きに心をとらわれない状態になり、それが「不動心／不動体の姿勢」を作り、「懸待一致《けんたいいっち》」の打突《だとつ》ができるようになってきました。

構えた竹刀もフワッと持つことで反応が早くなり、最大限の力を発揮した打突へと変わっていくことを実感しました。

やがて、合格する前から、「八段合格を報告する場面や祝賀会など」をイメージして、考えるようになっていました。

こうして、『氣の活用研修』を受講してから3年後の２０１４年5月に、「１５４３名が受験して、12名だけが合格するという『合格率０・８％』」を、57歳で突破できました。

今は、少しでも多くの方々に「できる」「頑張れる」「あなた方には『氣の力』が有りますよ」という〝プラスの力〟を、伝えていきたいと思っています。

●著者紹介

岡村 隆二（おかむら りゅうじ）

1943年（昭和18年）長崎県の浄土宗寺院の次男として生まれる。

1966年（昭和41年）大本山増上寺にて加行（伝宗伝戒道場）成満。浄土宗僧侶として僧籍登録。

1967年（昭和42年）大正大学　仏教学部浄土学科 卒業。

1968年（昭和43年）ＴＥＣ（東京イングリッシュ センター）に入社。

1973年（昭和48年）英文雑誌のタイム・ライフES（外資企業）に入社。

1975年（昭和50年）㈱国際コミュニケーションズ（ICI）に入社。

1978年（昭和53年）㈱海外放送センターを創設、代表取締役社長に就任。

＊日本の大手企業約450社で「国際化研修」を実施。

＊1988年に創立10周年記念事業として、合氣道から“投げ技”を取り除いて、日本古来の“氣”や“心身統一”“心身一如”を研修としてパッケージ・プログラム化した「氣の研修」を開講。
経団連フォーラムをはじめ、日本IBM・NEC・日立・帝人・旭化成・新日鉄など約200社で、950回の「氣の研修」を実施。
3万名以上のビジネスマンが受講している。
スポーツ界では、
プロ野球の福岡ダイエーホークス（現ソフトバンクホークス）をはじめ、旭化成 陸上競技部（マラソンチーム）・新日鉄や日本石油の野球部・東レ バレーボール部・カバディ日本代表チーム・東海大学や佛教大学の駅伝チーム・岩倉高校 野球部・大正大学 カヌー部と空手部などで「氣の研修」を実施。

2001年（平成13年）3月、㈱海外放送センター　代表取締役社長を退任。

2001年（平成13年）9月、NPO法人 氣の活用コム創設、理事長に就任。

＊全国に“プラスの氣”の種を蒔いている。

〈その他〉

座　　禅……山岡鉄舟の流れを汲む一九会道場で、埼玉県平林寺の老師に参禅。

心身統一道……中村天風師の流れを汲む（財）氣の研究会　藤平光一会長に師事。

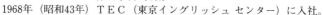

著者プロフィール

岡村 隆二（おかむら りゅうじ）

1943年 長崎県生まれ。
1966年 浄土宗僧侶として僧籍登録。
1967年 大正大学　仏教学部 浄土学科 卒業。
1978年 ㈱海外放送センターを創設。
2001年 NPO 法人 氣の活用コム創設。
現在　NPO 法人 氣の活用コム　理事長

成功の人生 —氣の活用—

2021年3月15日　初版第1刷発行

著　者　岡村 隆二
発行者　瓜谷 綱延
発行所　株式会社文芸社
〒160-0022 東京都新宿区新宿1－10－1
電話 03-5369-3060（代表）
03-5369-2299（販売）

印刷所　株式会社フクイン

ISBN978-4-286-22457-2